いっちゃんは、ビリビリマン

―「高次脳機能障がい」なオットと私の日々―

白井京子

［Facebookの記事より］
白井 京子　2019年7月11日

いっちゃんはビリビリマン⚡⚡

昨日の夕方、走って家に到着したら、
ヘルパーさんといっちゃんが
何やらゴソゴソ相談してる模様。

ヘルパーさん　ほら白井さん‼
いっちゃん　ケラケラ、ゲラゲラ🤣
私　どしたん？
　何やら楽しそやねー
ヘルパーさん　ちょっと目を離した隙に
　やぶらはったんです💦
えーっ‼‼😱

トイレ入り口横のクロス
ビリビリ😰 ほんまに物の見事に…
クロス破るって💢 どういうこと😤
と言おうとしたら、
いっちゃん 楽しそうに
ゲラゲラ🤣 ゲラゲラ🤣 笑うねん
もうしゃあないなぁ
よし‼今日から1週間
ビリビリマンと命名しよう。
おそるべし
高次脳機能障がい👊

はじめに

ビリビリマン……、それは六十三歳になる夫の呼び名。

夫の記憶は継続しないので、一週間限定で私がつけたニックネームです。

なぜビリビリマンか？

それは壁のクロスをビリビリに破ったから……。


私の夫、いっちゃんは超重度な高次脳機能障がいです。

いっちゃんは今から十二年前、全国でも珍しい症例の脳の病気で生死の境を彷徨いながら、自分の力を振り絞って助けてくれと訴え、死の淵から生還した、とても強運の持ち主です。私に生きるとは？　家族を守るとは？　介護とは？を教えてくれる先生です。

いつも意識はボーとして自分から何かをすることはほとんどありません。今はしゃべることもほとんどなく、全てにおいて見守りと手助けが必要です。なのに壁のクロスをビリビリに破って私の反応にゲラゲラ笑うのです。そんないっちゃんがかわいく愛おしい、生きていることが嬉しくて、でも壁がビリビリに破られたこともちょっと悔しく、そんな名前をつけました。

ビリビリマンはバラバラマンに変身したりもします。でもこのビリビリマン、口笛で人を癒してくれます。達筆ではないお習字でいい味を出してくれます。人生は無限大。夢を持てよと教えてくれます。足りなくても胸を張って生きることを教えてくれます。

そして私はいっちゃんとの暮らしを笑って心から楽しむのです。こんな私たちの経験があなたの心にほっこり明かりをともせたら、こんな嬉しいことはありません。

人生は山あり谷あり、でも、だから人生はおもしろい。

白井　京子

目次

第四章　口笛、楽しい！

第一章　いっちゃん、病気に

いっちゃん、なんかおかしい！

私の人生設計において、障がい者の、しかも重度障がい者の妻になるなんてまったく思いもよりませんでした。普通の奥さんとしてずっといっちゃん（主人）に守られ、子どもや孫に囲まれて平々凡々な人生を送ること。それが、私の人生だと思っていました。
「あなたの夢はなんですか？」と聞かれたら、「家族四人が仲良く、特別なことはなくても皆が健康で、白井さんのところは絵に描いたような家族ねといわれることです」と答えていました。普通の主婦こそが、私の夢でした。

思い起こせば、あの頃から私の夢は崩れていったのかもしれません。

二〇〇六年五月十三日のこと。
私は持病が悪化して体調を崩し、大阪大学医学部附属病院（以下、阪大病院）に入院していました。ちょうど私たちの結婚記念日である五月一日に大きな手術をし、その二週間後の朝、病院から自宅に電話をしたのです。

その時、電話口のいっちゃんの異変に気づきました。

「おはよう」と朝の挨拶を交わした後、急にいっちゃんは、支離滅裂なことをしゃべるのです。

「パパ、どうしたん?」

私は電話口のいっちゃんは絶対におかしいと思いました。そこで、入院先から「主人の様子がおかしいんです」と一一九番に電話をかけ、いっちゃんがかかっている国立循環器病研究センター(以下、国循)へ搬送してもらうことを頼みました。そして私も抜糸もしていない身体でタクシーを飛ばして国循へむかいました。長女が中学三年生、息子が高校三年生の時でした。

案の定、いっちゃんは脳梗塞でした。幸い発見が早かったので大事には至らず、二週間で退院となりました。麻痺はなく、ただ言葉をつかさどるところがやられましたので、言葉が話しづらいと本人はいっていました。

でも私は脳梗塞がどれほどの病気か、また後遺症の言葉が出づらい、計算ができないということが、本人のなかでどれほど辛かったり苦しかったりするか知るよしもありませんでした。というより早く気づいて治療できて、大ごとにならなくてよかったと思いました。

いっちゃんって、私の具合が悪くなったら必ず自分も具合悪くなるよなあ……というぐらいに思っていたのかもしれません。私が風邪をひいたらいつでも自分が先に熱を出すようなことがよくありました。幸いいっちゃんは二週間で退院し、自宅療養をしながらリハビリをすることになりました。几帳面でまじめないっちゃんはリハビリに一生懸命取り組んでいました。身体的には麻痺もなく見た目には元気に見えました。

休職中に運動をして体重を落とし、前より健康的に見えました。軽い失語も周りは気になりませんでしたが、本人は計算や、簡単な言葉が出てこないことに戸惑いを感じていたようです。

それでも約九ヵ月リハビリに通い職場復帰したのは二月でした。

佐藤京子から白井京子へ

佐藤京子。懐かしい響き。もう白井京子として生きてきた人生のほうがはるかに長くなりました。

いっちゃんと私は見合い結婚です。

私は女子大を卒業して、地元の企業に就職しました。あの頃は今のように多様な選択肢があまりなくというかそんなことがあることを知らず、就職して、二十五歳ぐらいまでに結婚し、そして仕事は辞めて、子どもを産んで育てて家庭を築き、主婦として夫を支えて家を守るというぐらいしか考えていませんでした。それ以外の道として、一生独身で仕事を続けたりとか、子どもは産まないとかを選んでいいのかな？という感じでした。私が無知すぎたのか、「京ちゃん、二十五歳までに結婚してなあかん」と親に変な呪文を唱えられ、そうするものだと思っていました。

だから、見合いといわれても、あまり違和感はなく半分は遊び感覚でした。当時、母が住道にあるブティックで何でも好きな服を買ってあげるからというので、その口車にのって、服ほしさに見合いをすることにしました。

初めて会ったいっちゃんは私より七つも年上で、パンチパーマのおじさんでした。パンチパーマはとても気になったけど、でも不思議と嫌な感じはなく、とても清潔感のある人で手のきれいな人やなあという印象でした。

見合いは、魚捨という地元の料理旅館でした。目の前にはいっぱいのご馳走が並んでいました。鮎の塩焼きに松茸の土瓶蒸し、天ぷら、お造り……。いわゆる会席料理です。

でも私は正座した足が痛くて、痛くて……。とうとう、「すみません、足がしびれたのでくずしていいですか」といったのを覚えています。

いっちゃんは、仲人さんと、ソフトボールや大和郡山の金魚などの話をしていましたが、私はその話には全然興味がなく、足はしびれるし、料理も食べられないし、早く帰りたいなあと思っていたような記憶があります。

あとになって、いっちゃんに、私のどこがよかったん？と聞いてみたら、「足をくずしていいですか」といったところだったそうです。縁って不思議です。私は洋服を買ってもらいたさに行った、たった一回のお見合いで、白井京子になったわけです。

結婚式の様子

いっちゃんこと、白井伊三雄という人

いっちゃんは昭和三十一年生まれで、私と出会った時は三十歳でした。

実家は自動車の整備工場をしている家で、お兄さんと妹の間に生まれた次男です。お義母さんからはいつも「伊三雄君はやんちゃでやんちゃで……」という話を聞いていました。いわゆる近所のガキ大将タイプです。スポーツが大好きで、野球をさせても上手。中学で入っていたバスケットボールのクラブでは近畿大会までいったというのがお義母さんの口癖でした。「運動会では独走で、ビリの子を抜いて一位で走るねんよ」といつもお義母さんは自慢して話してくれました。

私もいっちゃんを見ていて、すごく運動ができる人やねんなあと思っていましたが、一緒にゴルフやテニスを楽しむことはありませんでした。

一度、ゴルフの打ちっぱなしに一緒に行って教えてもらったことがありましたが、その時にいわれたのが「おまえとは二度と一緒にゴルフはせえへん」でした。たぶん私がとても運動音痴だったからイライラしたのでしょう。だから、「二人の共通の趣味はテニスよ」なんていうご夫婦を見ますと、「いいなあ」と思ったこともありました。

私たちの共通の趣味はというと、なんといっても子どもでした。

私はもともと子どもが大好き。自宅で手づくりのものを食べさせたり、服をつくって着せたり、本を読み聞かせたりと、いわゆる家庭的なことをコチョコチョするのが好きでした。

一方、いっちゃんは七歳下の嫁をもらって、たぶん私のことを子どもだと思っていたのでしょう。一家に大人が一人（いっちゃん）、子どもが三人という家族形成だと思っていたようです。

そんなワンマン（よくいうと頼りがいのある）な家族形態も、馴れてしまえばすごく楽でした。例えば、夏休みに旅行に行くにしても、私が計画してホテルから交通手段からスケジュールからお金の工面から考えるのではありませんでした。「夏休み、どこかに連れて行って」とその時だけかわいく頼んでいました。「沖縄に行きたい！」「北海道がいい！」などと子どもたちと一緒にわぁわぁと

子煩悩ないっちゃん。運動会にて

頼んだら、連れて行ってくれるのです。そのほうが責任がなくてすごく楽なことに私は気づきました。いっちゃんもまんざらでもなく頼られるのが大好きでしたし、女は男より一歩下がって歩くみたいな考え方もありました。出過ぎたことをすると怒られたし、何でも相談しないと機嫌が悪くなるようなところもありました。年も離れていたし、私のことは頼りないと思っていたのかもしれません。お父さんと子どもが三人、今考えますとかなりワンマンでしたが、反抗さえしなければいい夫でありパパだったのです。

休日はよく家族で出かけていました。自然や動物が好きな人でしたのでアウトドアが大好き。キャンプや釣り、夜中に流星群を見に出かけたこともあります。みかん狩りやぶどう狩りも毎年欠かさずに行っていました。

いっちゃんの家は昔からの旧家で、最初お嫁に来た時はしきたりや決め事もありましたし、慣れるまでは戸惑うこともありました。でも私は次男の嫁だからあまり悩むことはありませんでした。それに対外的なことはいっちゃんが全面的にやってくれていましたし、お義父さんもお義母さんも私のことをとてもかわいがってくれて、いつも気にしてくれていたのであまり困ることはなかったです。

いっちゃんは地元の活動にもとても熱心な人でした。

当時は消防団に入っていて休みの日や季節の行事など地元の寄りごとには率先して出かけて

いきました。それが何よりも最優先でした。

火事があると夜中でも飛び起きて消防小屋まで飛んでいきます。

いつも寝坊助のいっちゃんですが、サイレンの音には特別敏感でした。

結婚して間もないころ隣の地区で大きな火事があったことがあります。

紙の倉庫だと記憶していますがそこが火事になった時、いっちゃんは飛び出していったきり長いこと帰ってきませんでした。今のように携帯電話のない時代、いったいどうなっているんだろうと相当心配したことがありました。私は消防士と結婚したんだろうかと思う時があるぐらいでした。確か二日か三日とかだったような記憶があります。「おにぎりをもってていかなあかんのちゃう」とお義母さんと会話したのを覚えています。

また一年のうち十月は地元の祭りの時期です。九月ぐらいから鐘や太鼓の練習が始まり、準備をとても楽しそうにしていました。

そのため、子どもたちも私もパパは十月は忙しいとインプットされていました。

消防団の団長という大役も楽しそうにこなしていました。

また、大東市の青年会議所に所属し毎晩ほんとうに家

地元の祭り

で夕食をとることはありませんでした。あまりに留守で何してるんかな?と思ったことも正直ありましたが、青年会議所の話はよく家で話してくれていましたし、あまりに熱心に活動しているのと、子どもと三人の夕食にも慣れて楽でいいわなどと思い、亭主元気で留守がいいを地で行く感じでした。

いっちゃんを気に入ったのは私の両親

ずいぶん古い話ですが、見合いでいっちゃんを気に入ったのは私の両親で、とくに父。母は父のいうことは間違いないと思ってる人でしたから、同じくです。

私の実家は大分県でした。私の両親は長い間大阪で仕事をして、定年後は大分で田舎暮らしを満喫していたのです。

いっちゃんはよく私の田舎に帰省したがっていました。それは自然が豊かでいっちゃんの大好きな環境ということもありますが、とくに私の父が好きだといつもいっていました。相思相愛でした。父はぶこつで口数も少ないですが、いっちゃんとはとても気が合う関係でした。お見合いをした時から「伊三雄君、伊三雄君」「いっちゃん、いっちゃん」と何かにつけていっちゃんを気に入っていたのは父でした。

一度私たちが夫婦げんかをして、私が田舎に帰りたいと泣きながら電話をしたことがありましたが、その時、母が父に相談すると、「京子ではなく、伊三雄君を帰らせて」といったぐらいです。私は「はぁ?」と思いましたが、なんだか馬鹿らしくなってけんかを止めました。けんかをして一度も実家に帰ったことがないのが私たち夫婦の自慢です。

実際、一回目の脳梗塞で倒れた時、いっちゃんは一人で一ヵ月以上も私の実家に帰省していました。父と毎日、山を散歩しながら、苦手な「百－七」という引き算の計算を練習していたようです。おかげで、九十三、八十六、七十九、七十二……とすらすらといえるようになって帰ってきました。私は、実家の両親といっちゃんのこと両方についてとても心配しましたが、子どもたちの学校があり一緒に帰省することはできず、いっちゃん一人の帰省でした。でもそれはいらぬ心配で、ほんとうに楽しかったらしく、定年になったら田舎に帰って畑で野菜をつくったり川で釣りをしたりして過ごすと父と約束して大阪に帰ってきました。

高次脳機能障がいとなった今でも変わりなく、いっちゃんは田舎が大好きです。以前みたいに夏や冬にひんぱんに帰省することはできませんが、脳や心、体が居心地のよさを知っていて、田舎に帰ると食欲が増して覚醒がよくなります。

いっちゃんは今でも、母からの電話では受け答えをきちんとします。母はいつも「伊三雄君、上手にしゃべれるようになったなあ。上手、上手。声にも張りがあるし、ほんとうに上手やなあ」

と本心から嬉しそうにほめてくれるので、いっちゃんも自信満々にその時だけは「はい、そうです」と大きな声で返事をしています。

私は夫を育てているわけではありませんが、母のことは子育ての大先輩としてとても尊敬しています。伊三雄君、伊三雄君と毎日の電話でいっちゃんのことを一番に聞いてくれるし、いっちゃんがよく寝るといってはほめ、よく食べるといってはほめ、体格がよいなどと、とにかくほめてくれます。母から届く宅急便には必ず、開けてすぐの一番よく見えるところに愛情たっぷりのいっちゃん宛ての手紙とお菓子が入っています。お菓子がない時はふりかけだったりしますが、それでもいっちゃんへのメッセージは必ず入っています。人はどんな時だってほめられたら嬉しいに決まっています。母は本気で、全力で、いっちゃんがすごいと思っています。

「伊三雄君が元気で生きていてくれて、京ちゃん、よかったなあ」といつもいってくれます。

私には介護が大変だろうとか聞かないし私もいわないけれど、どんなに大変でもそばで生きていてくれていることが私の力になっていることを母は知っています。

脳梗塞の次に、いっちゃんが脳静脈塞栓症で倒れた時、年老いた父と母が大分県から駆けつけて来てくれたことがありました。ちょうど関西リハビリテーション病院に入院していて目の焦点も合わせることができない状態でした。でも、父が一言、「伊三雄君は大丈夫」といってくれたのを覚えています。何の根拠があったのか、廃人のようないっちゃんを見て「京子、伊三雄君は大丈夫、お前や子どもたちを置いて先に行ったりする男じゃない。絶対大丈夫」と力強くいってくれたのです。

今までお父さんのいったことに違ったことはないから、大丈夫や！と私もその時思いました。

そんな父も七年前に天国に召されました。

お葬式の時いっちゃんを連れていくことをとても迷いました。記憶が続かないとはいえ、いっちゃんを父との悲しいお別れの場面に連れていくことに気が進みませんでした。

いっちゃんの身の回りのお世話が大変な時期だったこともあり相当悩んで、お別れには子どもたちと三人で行くことを決めました。

のちになっていっちゃんにお父さんが天国に行ったことを話すことになりました。

その時一瞬、いっちゃんの脳がつながり働いて見たこともないような悲しそうな顔をして、「あかんて」「あかんて」とはっきりいったのです。わかっていないようでわかっているのに、大好きなお父さんとのお別れに連れて行かなかったことをひどく後悔した私でした。

辛く悲し過ぎる真実

この本を書くと決まった時、この事実を書くことができるのかと随分考えました。

頭を整理すると、一回目の脳梗塞になった時のあと、いっちゃんの口癖は
「こないなる前に、脳ドッグ受けなはれや」

でした。会う人には必ずその話をしていました。

私がいっちゃんの代わりに伝えなきゃ。

とても頑張っている世のなかの働くお父さんお母さんや医療に携わる方に私たちが経験した恐ろしい真実を。

もしそれで今後助かる命が一人でもいたら。その想いで真実を描く決意をしました。

そう決意はしたものの、現実は厳しく何日も手が止まり出るのは言葉ではなく涙と鼻水とため息ばかりで本を書きながら、涙で何度も手が止まり、文章が浮かばず、横に置いたティッシュペーパーでは間に合わず、タオルにかえて何日も書けずにいました。

そのたびにいろんなことを思い出した私です。

手術の指揮を執ってくださった脳外科の宮本亨教授にいわれたことは忘れません。

「白井さんよくがんばりましたね。白井さんが助かったことで白井さんと同じ症例ではないのかと、救える命が増えました。この症例にＳＨＩＲＡＩと名前をつけたいぐらいです」

それは、脳梗塞に罹った年の翌二〇〇七年、いっちゃんの調子がおかしいと思いはじめてから、倒れた当日、そして精神病院に入院するまでのことです。

秋口からなんとなく元気がないなあと私も、娘の佑香も感じていました。佑香と「パパって口数が少なくなったよね」と話し合った覚えがあります。いっちゃんはいつもはしょうもないダジャレをいったり、話好きなはずなのに……。まぁ、失語が少しあって話しづらいのかなあぐらいに思っていました。大丈夫？　大丈夫？とあんまりいうのもよけいに嫌かと、そっと見ていました。その他は日曜日にゆっくりと起きてくることも特別ではなかったし、顔色も悪くないし、月に一回定期的に国循で診てもらっていますし……。

でも、決定的におかしいと思ったのが、近所の焼き鳥屋さんにいっちゃんと私の二人で行った時のことでした。カウンターに並んで座りビールを頼んで仲良く食べるはずが、気がつけば私ばかりがしゃべっているのです。もともと、営業マンなので人の話を聞くのはとても上手です。でも、それとは何かが違ったのです。私が「何か怒ってるん？　何でしゃべらへんの？」と聞いたら、「しゃべらへん、しゃべらへんというな」と返事があり、その時、困ったような顔をしたのです。そのため、このことには触れたらあかんのやと思いました。

そこから主人を注意深く見ていたら、何か元気のない日と、いつもと変わらない元気な日があったように思います。私は佑香と一緒に、「パパ、どうしたんやろ？　疲れてるんかな、仕事が大変なんかな」と心配していました。脳梗塞で療養している間に、いっちゃんが携わっている損害保険の営業という仕事について、国のコンプライアンスに関する方針が変わってしまい、今までとは仕事のやり方が違うようになってとても厳しくなったといっていたのを思い出しました。仕事、大変なんかなあ？　病気もして少し失語症も罹っているし働きにくいのかなあと心配していました。

そんな矢先、いっちゃんが働く職場の当時の課長から、私の携帯電話に直接、電話がかかりました。「白井さん、復職してからいかがですか」にはじまり、「実はとても心配しています。白井さんはうつではないかと思っています。部下に何人もうつになった人を見てきていますから、白井さんもそうじゃないかと思うのです」とおっしゃったのです。直接、上司から電話をもらったことはなかったのでびっくりしたのをはっきりと覚えています。

でも、今から思うと、この電話から私たちは道を選び間違えたと思っています。

「主人がうつ？」と思い、私はすぐにいっちゃんと同じ営業所の後輩のT君に電話をしました。T君とは営業所が住道の時からの長いお付き合いでとても心安い間柄でした。私はいいました。

「主人の様子がおかしくない？　会社でどうしてる？　うつではないかといわれてるねんけど」

「普段と変わらないですよ。パソコンの画面をずっと見つめているから、それをうつというなら、僕ら皆そうなりますよ」

というような会話を交わしました。私は「あっ、仕事が大変なんやなあ」と思いました。

それから、国循の担当医にも電話をかけました。

「会社の上司から、うつではないかといわれています」

と伝えると、

「脳梗塞の四人のうち一人はうつになるといわれているので、その可能性は高いです」

との返事でした。そして、精神科を受診するように勧められました。忘れもしない、私の職場である学校の駐車場で、車のなかでその会話をしたのを今でもはっきりと覚えています。

そうして私たちはどんどんと違う方向へ走っていきました。

家に帰って、「うつ」「精神科」をネットで調べて、阪大病院の予約を取りました。いっちゃんに説明し、「違うと思うけど、行くだけ行ってみよう」と説得して一緒に受診することにしたのです。

これらのできごとは、十一月後半から十二月に入った頃のことです。私が一生懸命にいっちゃんを心配して起こした行動のおかげでどんどん違う道に進み、その結果、いっちゃんのほんとうの病気の発見が遅くなってしまったことは後悔してもしきれません。

そして十二月十日のこと。地元のソフトボールチームの忘年会がありました。いっちゃんはとても楽しみにしてでかけたのですが、忘年会から帰宅すると様子がおかしいのです。赤ちゃんのようにちょこちょこ歩きをして私の袖口を掴むやいなや、真っ青になって嘔吐し、崩れ落ちるように倒れたのです。そばにはやかんが置かれた石油ストーブがあり、お湯がしゅんしゅんと沸いていました。とっさに私は倒れるいっちゃんを全身で受け止めました。この時、倒れ方が悪ければ全身に大やけどを負っていたでしょう。すぐに救急車を呼んで国循まで運びました。

診断結果は酒酔いといわれたのですが、普段からいっちゃんはお酒には強く、しかもこの時は様子がおかしかったことから、必死にお願いして頭のＣＴを撮ってもらいました。でもＣＴには病変は写っていませんでした。なぜＭＲＩを撮るようにお願いしなかったのか今でも後悔をしています。悲しいかな、ＣＴとＭＲＩの違いなんて知る由もありませんでした。

そして十二月十七日、阪大病院で検査。その結果、教授がいうには、前頭葉の働きが著しく低下しているから単純なうつではないような気がするということでした。私はとても心配になって、何度も仕事を休むようにいいました。でも、いっちゃんは「佑香は小さいし、遼君は受験やから、仕事は頑張らなあかんねん。だから、あんまり課長に具合が悪いというな」といいました。

それでもなぜ、休むという道を選ばなかったのか今でも後悔をしています。当時は調子がよい時とそうでない時と波があるように見えました。私はいろんなことによく気がつくほうだと思っていましたが、この時ばかりは正しく判断できませんでした。とても心配して、正しい道を選べなかったかもしれません。

家ではとにかくゆっくりと寛いでもらうことを心がけ、佑香と二人で明るく振る舞いました。うつという心の病気だと思い込んでいましたから。

十二月の第三日曜日にはいっちゃんの好きな落語に誘ってみました。いっちゃんが落語を好きなことは知っていましたが、一緒に行ったことはなく、初めて二人で寄席のある天満天神繁昌亭に行きました。でも、誰のどんな演目だったかも記憶にないぐらい、私はとてもいっちゃんのことが心配でいっちゃんの様子にばかり注意を払っていました。いっちゃんは落語を聞いて笑っていました。

十二月二十五日はクリスマスの用意をしました。佑香とチキンとケーキを準備したのですが、いっちゃんと食事をした時はっきりとおかしいと思ったのです。いっちゃんはいつも食事のマナーにはうるさく、上品にゆっくりと味わいこだわって食事をするのに、その時は子どものように無心に目の前のものを食べているのです。その姿を見てほんとうにおかしいと思いました。本能のまま、子どものように食べる姿を見てショックでした。

そしていっちゃんの口から次のような言葉が飛び出たのです。

「書類がな、なんかうまくわからへんのや。そやから悪いけど明日から締め切り日まで仕事についてきてくれへんか?」

それを聞いて、私は休むことを提案しました。でも答えは、No。そのかわりに、年末まで働いたらしばらく休むと約束をしてくれました。私は佑香に「明日から年末まで毎日、仕事についていくわ」といいました。佑香も口を堅く結んでうなづくだけでした。

なぜ休ませようとしなかったのか? 後悔してもしきれません。会社の課長と何度もやり取りをするうちに、年末までは仕事をすませなければ休めないと私も思い込まされていました。いっちゃんの頭のなかでどんなことが起こっているのかもわからず、心の病気だと大きな間違いを犯し、そこからは坂道を転げ落ちるような時間でした。

翌朝、主人の運転する車に乗って会社へでかけましたが、いつもの道のいつものカーブをすごく大回りするので驚いて、私が運転を代わりました。

それまでにも十一月から十二月にかけて私はできる限り時間をつくっては、いっちゃんの仕事についていっていました。そして、いっちゃんの苦手なパソコン作業や書類の整理など手伝えることは何でもしました。といっても、最初は一緒に車に乗って、いっちゃんが営業中は車で待っているぐらいしかできませんでした。私も高校の教師をやっていて期末テストの採点や成績つけなどがあり、十二月の最初の頃はとても忙しい時期でした。

損害保険の営業の仕事はとても大変で、軽自動車のなかに一日中いて、書類も重いし複雑だし私にはさっぱりわかりません。トイレも困るし、お昼ご飯を満足に食べるところもなく、いっちゃんの心配をしながらほんとうに神経がすり減りました。

十二月二十六日からは年末でとても道が混んでいて、予定通りの時間にお客様のところへ行けないということもありました。帰りも二十二時頃になり、心配した佑香がいっちゃんの大好物のお鍋をつくって待っていてくれました。

課長と密かに連絡をとり、とにかく年末までお客様のところを回るようにいわれ続けていました。回らないと休めないとすり込まれていたのです。

二十六日、二十七日と日が経ち、あと一日頑張ったら休めるという二十八日がやってきました。

数軒を回って、いったん自宅にお昼ご飯を食べに帰りました。ところが、牛丼と味噌汁をつくっていたら、いっちゃんはペットボトルのフタが開けられないというのです。決定的におかしいと思い、隣の部屋から課長に電話をして「もう無理です」と伝えました。

でも、課長から返ってきた指示は、「残りのお客様を回って、銀行で入金したら必ず事務所に帰ってきてください」というものでした。私は落胆しました。最後までやらなければ休ませてもらえないと刷り込まれていたため、私もくたくたになりながら、「休めないんや、回らな」と思いました。「すべてが終わったら、鞄ごと渡すので主人は帰してくださいね」と課長にお願いするのが精一杯でした。「あと数軒回らないと休めない。早く休ませるためには行かないと」と私は思い込み、いっちゃんも「あと数軒が終わったら休む」ということを約束してくれて家を出ました。

冷たい雨が降っていて、年末のため道がとても混んでいて時間がかかりました。辺りは暗く、心細くて、車のなかで暖房をつけてもとても寒かったです。

すべて回って、銀行で入金を済ませて営業所にむかいました。私は車を駐車場には入れないで営業所の前の道に停めました。いっちゃんに

「あとはすべて課長がやってくれる約束になっているから。パパは鞄だけ渡したら帰って休もうな。すぐに帰れるように、ここでエンジンかけて待っているからね」

といいました。いっちゃんは、うんとうなずいて車を出ました。そして私は課長に電話をか

けて「鞄を受け取ったら、帰してくださいね。下で待っていますから」と伝えました。

私は車のウィンカーをチカチカさせながら待ちました。しかし、しばらく待ってもいっちゃんは帰ってきません。それから、またしばらくして、課長が私を迎えにきました。そして車を駐車場に誘導して、私を事務所まで連れて行ったのです。

事務所へは生まれて初めて入りました。皆、バタバタと年末の仕事終いをしていました。壁には成績表を記したグラフが貼ってあり、私はそれを見て背筋がゾッとしました。そして「あー、帰られへんのや」と思いました。いっちゃんはしゃべれなくなっていました。顔色は青く、貧乏ゆすりをしていました。私は「大丈夫?」といっちゃんの背中や手をさすってそばについていました。課長は勝手にいっちゃんの鞄のなかを見て、無神経に書類をわけていました。家族や子どもの写真が入っているファイルを取り上げ、嫌みな笑い方をして投げたのを私は目撃してしまいました。怖いと感じて、ゾッとしていっちゃんの背中をさすり続けました。しゃべれなくなっていたいっちゃんは課長のその行為を見て、なんでそんなことしてるんや? 俺の私物をといいたげに私に訴えているように見えました。

そして課長からいろいろと聞かれ、聞いたことも見たこともない書類を車まで探しに行かされました。その時、佑香にこっそり「ごめん。今会社にいてまだ帰られへん。でも必ず連れて帰るから心配せんと、ご飯を先に食べといてな」とメールを打ちました。

二十時三十分ぐらいで周囲の人はだんだんと先に帰っていきました。いっちゃんと同じ年で住道支店からずっと一緒だった所長のK氏が帰る時、私は追いかけて行って「すみません、年明けから休ませてもらいます」といいました。とうとう営業所には私といっちゃんと課長と主任の四人だけになりました。皆帰って行ったのに、私たちはまだ帰してもらえず水の一杯も飲めず、作業をさせられたり、お客様へ電話をかけさせられたりしました。お客様へかける時の言葉は課長が考え、「○○火災の白井の家内です。いつもお世話になっております。大変申し訳ございません。主人がインフルエンザで声が出なく、私がかわりにお電話をしております」といわされました。あとは保険の募集人でもないのにチェックや判子を押す作業をさせられました。頭のなかは早く終わらせていっちゃんを連れて帰りたいという思いでいっぱいでした。

いっちゃんはどんどん顔色が悪くなり、冷や汗をかいていました。手を触るとジトッと冷たくなっていたので、何度も何度も手をさすりました。

十八時過ぎから営業所に入って約四時間もの軟禁状態。元気な私もくたくたでした。そして、二十二時の一斉消灯。営業所の照明が消えたとたん、課長がいっちゃんの机のうえに懐中電灯を置いたのです。そして「十一時までパソコン入力ができるから」というのです。その途端、いっちゃんがすぐそばのゴミ箱に嘔吐しました。

その時、私は初めて「もう帰らせてください!」と叫びました。

いっちゃんが倒れた時のことを、このようなかたちで書くことについて悩みました。でも、命より大切なものはこの世にないことをわかっていただきたいという思いから書くことを決意しました。課長の電話からいっちゃんの病気を見誤ってしまったという、後悔してもしきれないことを書くことで、命より大切な仕事なんてないこと、無理をしている人に命をかけてやる仕事などないことをメッセージで伝えたかったからです。

そして最初の脳梗塞を経験したいっちゃんの口癖が、「こないなる前に、脳ドッグを受けなはれや」だったことも、大切なメッセージとしてお伝えしたいと思います。

そう、命より大切なものはこの世にはないのです。

話は少しそれましたが、その時はまだいっちゃんが脳の病気に罹っていることに気づくことができず、心の病だと思い込まされていた私は、どんどん間違った方向へと進みました。

まず営業所から阪大病院へ電話をかけましたが、事情を説明し嘔吐したことを話しても、何かあったらすぐにおいでといわれていることを伝えても電話口の当直医は「ノロウィルスかもしれないから、近くの病院を受診してください」と全然受け入れてくれませんでした。とにかく全身汗だくのいっちゃんをこの事務所から早く連れ出さないと、それしか考えることができなかった私は、急いでいっちゃんを車に乗せ「連れて帰るからな。いっちゃん。私が家に連れて帰るから」と呪文のようにいいながら家にむかって運転しました。冷たい雨は容赦なく降り続いていました。家に連れて帰って横にならせ、もう一度阪大病院に電話をかけましたが全然取り合ってもらえず、困り果ててどうしていいかわからず泣きながら友人のドクターのところへ電話をしました。阪大病院が受け入れてくれないことを話すと、「脱水になっているかもしれないから、どこでもいいから病院へ行ったほうがいい」といったアドバイスをもらいました。脱水？　知識のなかった私は藁にもすがる思いで、今度は国循へ電話をかけました。運のいいことに、電話口に出てくれた先生はたまたま心臓でかかっている相原直彦先生でした。先生が「来るかい？」といってくれたので、いっちゃんを連れて夜中の十二時に国循へ車を走らせました。救急で診てもらうと血管がぺっちゃんこになっているということで、点滴を三本、それにCT検査もしてもらいました。なぜかというと先ほどまで一緒に事務所にいた主任から私に電話があり、「白井さん、事務所で何度も大きな生あくびをしていました。脳の病気の症状ではないかと思って」という言葉が引っ掛かり、無理に頼んでCTをとってもらいました。でも不幸なことに病変は写し出されることはありませんでした。

そして、夜中の三時ぐらいだったのでしょうか。そこから家に帰っていっちゃんを寝かせ、夜が明けるのを待って泣きながら朝の五時に東京の私の姉に電話をかけました。「お姉さん、助けて。いっちゃんが……いっちゃんが……おかしくなった」

その時、二階でドスンという音がしました。急いで二階に行ってみると、いっちゃんが押入れに上り、そこから飛び降りて、寝ている遼平の上に落ちたのでした。受験生の遼平の上に飛び降りたいっちゃんの明らかにおかしな行動に、もう無理、やっぱり阪大病院へ行こうと思いました。

病院へ行く前に、何も食べていないいっちゃんに豆腐の味噌汁をつくって食べさせてみましたが、いっちゃんは味噌汁を飲み込むことすらできませんでした。

阪大病院でのできごと

阪大病院に行くと、年末ということもあって担当医ではなく見習いの先生が、診察してくれました。何故見習いだとわかったかというと、先輩の先生が一人で診察大丈夫か？と聞いていたからです。色々問診して、せん妄があるので他の病院に入院するよう勧められました。何度も、入院させるか、自宅に連れて帰るのかと悩みましたし、阪大に入院させてほしいと何度も頼みましたが年末で無理といわれ、自宅でもし何かあったらということで他の病院への入院を強く勧められました。私の頭のなかは思考が止まってしまって今主人の身の上に起きていることが受け止められなくて、フリーズしていたかもしれません。阪大から豊中の精神病院までむかう間、ほんとうにこれでよいのだろうかと悲しくて悲しくて号泣しながら迷い続けました。

豊中にあるその病院に着きましたが、受付でも診察室でもフリーズした頭で何度も「家に連れて帰りたい、入院させたくない」と泣きながらやりとりをしました。帰りの車のなかで、佑香が「パパが私に『佑香、パパはほんまにここに入院せなあかん病気なんか』といった」と泣きながら訴えてきました。「パパを連れて帰りたい」ともいいましたが、仕方がありませんでした。

切な過ぎて辛過ぎるできごとでした。

その病院には毎日通いました。一日一回の面会のところを無理に頼んで一日に二回にしてもらいました。午前中の面会が終わったら、佑香と時間を潰して、午後からの面会にいきます。病室に入るまでには一つずつ扉に鍵をかけているのです。その鍵を一つずつ開けてもらい、いっちゃんには面会室のような小さな部屋で面会します。いっちゃんは持って行った着替えや私物を丁寧に風呂敷に包んだり、シャンプーを一回に丸々一本使ったりとほんとうに様子がおかしく、でも年末年始は病院が休みのため、何の診察も治療もできないままでした。その現実が辛過ぎて受け入れられることができないできごとでした。そして毎日、「連れて帰りたい」と泣きながら、後ろ髪の引かれる思いで自宅へ戻りました。佑香とくたくたのボロボロになりながら通いました。十二月三十一日、年が明けて一月一日、二日、三日と人生最悪の年末年始を過ごしました。

一度、夜中の十二時頃、いっちゃんが公衆電話から家に電話をかけてきました。話の内容は会話になりませんでしたが、私はいっちゃんの叫びのように感じ、何か違う、いっちゃんはうつではないのではないかと直感で思いました。「ママ、助けてくれ！」。いっちゃんは言葉にならない声で訴えようとしていたのではないでしょうか。

正月が明け、私は阪大病院の担当の武田雅俊教授に「阪大病院に転院させてほしい」と直談判にいきました。その時も佑香が学校を休んでついてきてくれました。予約外だったのでずいぶんと長く待たされ、私たちは先生に必死で年末からのできごとを話し転院させてほしいとお願いしました。

先生は了解してくれ、すぐに阪大病院へ転院となりました。でも、精神病院から阪大病院の精神病棟へと変わっただけだったので、私たちはとても苦しかったです。

いっちゃんは転院が嬉しかったのかとてもハイテンションでしたが、飲み込むことができず水分も摂れていない状態でした。私には、脱水状態ではないかという知識すらなくて、入院しているからと安心していました。

阪大病院に転院してもいっちゃんの様子は変わらず、見守っているなかでそのことは起こりました。教授回診の時のことです。いっちゃんは診にきてくれた武田教授の白衣を両手でがっと掴み、何かを訴えているように見えました。教授もさすがに心を打たれたようで、これは何か見当違いのことをしているのではないかと思った様子で、その場で至急検査をしてくれました。そして私は呼ばれ、「ご主人は心の病気ではありません。脳の病気で、大変危険な状態です。初めからかかっている国循に転院してください」といわれました。

十二月からずっと私の精神状態もぎりぎりのところまできていましたので、その時、原因がわかったからよかった、必ず治るし、助けてもらえると思いました。私は何かが違うのではないかと思っていたので、その時はいっちゃんの病気の重篤さよりも、原因がわかったから治療ができ、治療ができたら治るんだと道が開けた気がしたのです。ベッドで点滴を受けているいっちゃんに「パパは心の病気じゃなくて脳の病気やってん。それがわかったから、明日、国循の先生に診てもらうからね」といいました。そうしたら、いっちゃんがＯＫのマークを手でしてくれました。

いっちゃんはこの間、どれ程苦しくて不安だっただろうと思うと今も胸が苦しくなります。ずいぶんと遠回りをしたけれど、私はこれで治療ができると思いました。

大丈夫。もう大丈夫。大丈夫だから……。

あとから気づいたドクター二人の意味

翌日、国循への転院は救急車で、しかも先生が二人もついてきてくれました。年末の時は自分の車を泣きながら運転して豊中の精神病院まで行ったことを思い出し、今回は送ってくれてとても親切だなあと感じました。あとになってよくよく考えたら、阪大病院から国循までのたった十分間の距離でも、その間に息を引き取るかもしれないとの予想からだったということに気づいたのはずいぶん後になってからでした。

病院に着くと、いっちゃんはすぐに集中治療室に運ばれました。皆がばたばたと慌てていました。長い間救急の待合室で待ったような気がします。私は先生に呼ばれ、「ご主人は全国的にもレアなケースで前例もなく、手のほどこしようがありません」といわれたのです。とにかく様子を見守るということでした。「なんで？　やっと病気がわかったのに手の施しようがないってどういうこと？」。ショックでした。私は全身の力が抜けていくのがわかりました。毎日一緒に病院についてきてくれている佑香にはとてもいえません。

大学受験を控えている遼平にも、センター試験が終わるまでいえないと思いました。遼平にはそれまで、「パパは風邪をこじらせて入院していて遼平に移したらあかんから、病院に来なくていい、たいしたことはないから」といっていました。でも、もしかしたらもう死ぬかもしれません。そこでセンター試験の当日、「終わったよ」という息子からの電話に、「疲れていると思うし雨も降っていて悪いけど、北千里の国循まで来てほしい」と告げました。情けないことに私たちにはそんな時、遼平を迎えに行って病院に連れてきてくれる人もいなかったのです。

遼平もさすがにこれは大変なことになったと思ったのか、試験会場から二時間もかけて病院まできてくれました。

集中治療室で寝ているいっちゃんのそばに行って、私はいいました。

「パパ、遼君やで。今日、センター試験が終わってな、病院に来てくれてん」

「パパ、大丈夫か？　僕な、センターできたで、バッチリや」

と遼平がいうと、いっちゃんは意識混濁のはずだったのに、全身の力を振り絞って遼平の頭をなでてくれたのです。

集中治療室を出た後、遼平は私に
「ちゃんと話してほしい。これは尋常じゃないやろ」

といいました。私はもうこれ以上は隠せないと思いましたが、今先生が必死に治療に取り組んでいるから心配しないで、受験に取り組んでほしいと話しました。でも遼平は頑として聞かずに、たった数分の面会のためにその日から毎日欠かさず見舞いに来てくれました。私はもう見舞いはいいから受験に専念するようにいいましたが、毎日いっちゃんに会いに国循まで来てくれました。

最悪、死んじゃうの？

集中治療室に入った後、何日か経って最悪の事態になりました。夜中に視床出血（脳出血）を起こしたかもしれないと告げられました。先生がこうなったら危険と説明していたことが起こってしまったのです。ほどなく先生に呼ばれて、次のようなことをいわれました。

「ご主人はこのままでは数日でお亡くなりになるでしょう。無理に手術をするとしても前例もなく、極めて困難で危険を伴うものになるでしょう。もし手術をした場合でも、残念ながら九十九・九パーセントは生命の継続は難しいかと。助かる確率は〇・一％。もし奇跡が起こって助かったとしても、全盲寝たきり、自発呼吸も難しく、いわゆる植物状態になるでしょう」

このようなことをいわれました。もう、その話をどの先生から聞いたかも記憶にないぐらい、心が受け入れられない事実でした。先生の首から下の白衣だけしか記憶にありません。どちらも嫌、私に選ぶことなんてできないと思ったことだけは覚えています。どうしていいかわかりませんでした。どうやって家まで帰ったのかもわかりませんでした。いっちゃんの命について私が決めるなんてできないと思いました。誰にも相談できず、でも決断は一刻を争う……佑香にももちろんいえるはずがない。その頃の佑香は常に私と一緒の行動をとっていたはずなのに佑香の顔の記憶がないのです。どんなに悲しい表情をしていたのか思い出せないけれど、佑香は心を痛めていたと思います。思い出すのは、遼平が受験だから自分がしっかりしないとと固く結んだ口元です。でもいっぱい涙を流したはずの目はかわいそう過ぎて思い出せない。車の助手席で小さな佑香はどんどん小さくなって肩を震わせて泣いていました。そんな佑香に大好きなパパの命の火が今まさに消えかかっていることなどいえるはずがありません。

十八歳の決断

その晩、予備校の授業を終えた遼平を迎えに行き、住道駅前のロータリーに車を停めて十八歳の彼にいいました。

「遼君、あのな、パパがな……。ママに選ぶなんてできない」

遼平がどんな顔をしているのか見る勇気がありませんでした。沈黙が続きました。十分経ったのか、二十分経ったのか……。言葉が出ませんでした。そして、恐る恐る遼平を見ました。

遼平はフロントガラス越しに空を見上げ、深く息をしました。

「手術をするに決まっているよ。このままやったらパパは冷たくなるねんやろ？　僕はな、そこに行けば温かいパパがいる。それだけでいいねん。もし目が見えなければ、僕が目になる。歩けなければ、僕が車イスを押す。だから手術しよう、ママ」

「うん、そうやな」

私は答えました。今でも、あの時の決断は正しいと思っています。遼平の決断のおかげで、いっちゃんは今こうして生きているのですから。十八歳の決断――。人生で最も重い決断を、私は息子に委ねてしまったかもしれません。

国循の集中治療室へはいつも三人で通いました。

そして佑香と何かできることはないかと考えて、いっちゃんが着るパジャマに「がんばって」「きっとよくなる」「ファイト」「負けないで」などと刺しゅうをして持って行きました。佑香はどんな気持ちで針を動かしたのだろう。今もそれを思うと、息苦しくなります。彼女は去年の十月頃から、大好きなパパがだんだんと口数が減ってきたことを気にしていました。私が、おかしい、おかしいというのをすべて横で見ていて知っていました。いっちゃんと私が病院に行って家を留守にした時も、営業所で倒れた当日もずっと心配して、自宅で待ってくれていました。

いっちゃんを励まそうとクリスマスの料理を手伝ってくれたのも佑香でした。遼平に内緒の分、自分がママの何か力になってしっかりしないとと気を張っていたのでしょう。病気について本屋で立ち読みしてきて、「ママ、うつは心の風邪ひきと書いてあったよ」と……十六歳の胸は張り裂けそうだったに違いありません。いつも病院からの帰り、車に乗り込むと、助手席の佑香が泣き出します。ワンワン泣く時もあれば、シクシク泣く時もありました。肩をふるわせて「何でなん？　何で佑香のパパが病気にならなあかんのん？　パパは何にも悪いことはしてないで」と泣くのです。小さな佑香がますます小さくなって、消えてしまうんじゃないかと思うぐらい泣きました。

私もよく泣きました。私が泣く時は、佑香がぐっと奥歯を噛みしめて泣くのを我慢していたようです。二人でいつも泣くのを我慢し、ゼブラゾーンのところまで車を走らせ停めてから泣いて泣いて、ひとしきり泣いたら家に帰っていました。

佑香の手紙

いよいよ手術の日、佑香は担当の佐藤徹先生に手紙を書き、こっそり渡したようです。その手紙について、手術が終わった数日後に佐藤先生から私は聞きました。先生はおっしゃいました。

「医者はどの患者さんのことも必死で助けようと全力で努力します。でもね、佑香さんの手紙にはぐっとくるものがありました。だから手術前に、スタッフが全員揃うなかその手紙を読んでから、オペに入ったんですよ」

佑香の手紙には、佑香はパパにいっぱいいろんなことをしてもらった、すごくかわいがって育ててもらったのにまだ何にもお返しができていない、これからパパとしたいことがたくさんあるから、先生、パパを助けてくださいと書いてあったそうです。

佑香は家から少し離れた私学の小学校へ通っていました。それも、女の子には礼儀作法をきっちりと教えてもらえ、受験勉強などがなくのんびりと育ってほしいという、いっちゃんの教育方針でした。いつも、いっちゃんが車で送っていました。迎えについても必ず、誰かが駅まで行くということになっていました。迎えのタイミングが合わなければ、駅前の本屋で待たせてでも必ず迎えに行くという方法をとっていました。一人で歩いて帰れる高学年になっても、中学生になっても、それは変わりませんでした。いっちゃんの口癖は「ちょっとしたことでも怖い思いをさせたらあかん。事故や事件に巻き込まれたらあかん」でした。

他のお父さんが羨ましがるぐらい、二人は仲良しでした。「どうすれば娘にあんなに仲良くしてもらえるんですか」とよくお父さん仲間に聞かれていたみたいです。いっちゃんは「餌付けですよ、餌付け……」と照れ隠しに答えていましたが、そう聞かれることがとても嬉しそうでした。佑香は佑香でいつもパリッとスーツを着て毎朝学校まで送ってくれるパパが自慢でした。お友達にいつも学校まで送ってくれるパパのことを「いいなぁ～、佑香ちゃんのパパは弁護士さん？　それとも会社の社長さん？」といわれたと嬉しそうに話してくれました。

そんな父娘関係でしたから、いっちゃんが病気になったことは、多感な年頃の佑香に暗い影を残しただろうと推測します。以前、佑香と話したことがあります。「当時のことはつらすぎて思い出したくもない。箱に入れて何重にもぐるぐる巻きにして鍵をかけて封印。心の奥の、奥の、ずっと奥にしまっている」と、そう表現してくれました。十六歳の胸は張り裂けそうだったに違いありません。

えっ？　生きてるやんなぁ？

営業所で倒れた翌年の一月二十四日、阪大病院から転院した国循で手術が行われました。長い長い間、私たち三人はずっと手術が終わるのを待っていました。ほんとうに長い間……、朝から始まって先生が出てこられた時は夜になっていました。
先生はぐったり疲れた表情をされていたのを覚えています。「百パーセントではないが、できる限りの手は尽くした。伊三雄さんの生命力を信じて容態を見ていきましょう」とおっしゃいました。

そして手術室から出てきた時のいっちゃんの姿が今でも映像として残っています。いっちゃんは何本もチューブにつながれ、顔は青白く死んだみたいに見えて恐ろしかったです。「生きているんやな? ほんまに生きているんやな?」と私自身の目を何回も見開いて見ていましたが、口には呼吸するためのチューブが入っていて、とにかく死んでいるみたいに青白い顔がまるでロウ人形のように見えて怖かったです。今でもたまにその時の映像がフラッシュバックすることがあります。だから、いっちゃんとの生活がどんなにしんどく辛くても、温かいいっちゃんがいてくれるだけで、私たちはほっとします。夜中にいっちゃんの手に触れて、「あっ、温いなあ」と安心するのです。それは、手術後のいっちゃんの姿を見ているからかもしれません。

第二章　リハビリ、がんばる！

手術後のいっちゃん

手術後のいっちゃんは最初のほうは声をかけても何の反応もありませんでしたが、少しずつ、ほんとうに少しずつ変化が現れてきました。変化と言っても容態はとても重篤でした。

国循の面会時間は、十三時から二十時までです。でも二十時になって一人、病室に残して帰ることが忍びなくて忍びなくて。ベッドの下に隠れて泊まりたいぐらいでした。そこで、私たちはカセットテープに「パパ、おはよう」「今日の気分はどう？」などと録音して、毎朝流してもらうことを思いつきました。聞こえているかもわかりません。目が見えているのかもわかりませんが、病室には家族の写真とだんじりをひくいっちゃんの写真、そして大好きな犬のナナといっちゃんが飼っていたウサギのうぶの写真を飾りました。

いっちゃんの好きな音楽もずっとかけてもらうことにしました。ほとんど反応はありませんでしたが、ある時『オリビアを聴きながら』が流れると口パクをしたのです。佑香がパパが口パクしているのを見つけ、私たちは大喜びしました。いっちゃんは聞こえているしわかっているのだと心がパーッと明るくなる瞬間でした。当時は音楽療法などという言葉すら知らなかった私たちですが、今考えると、それが脳によかったのではないでしょうか。

その時に、

「様子を見ながら、少しずつリハビリをやりましょう」という先生のお言葉でした。ただ、

「このままいい経過をたどっても、高次脳機能障がいが残ります。しかもかなり重度です」

といわれたのでした。コウジノウキノウ……？　聞いたことも見たこともない、その様な障がいをお持ちの方にお会いしたこともない、初めて聞く言葉。そんなことより、目の前のいっちゃんにできることは何か、私の意識はそこにしかありませんでした。先の障がいを心配する心の余裕がありませんでした。あの当時は知識もその高次脳機能障がいについて調べる心の余裕もなかったのが現実でした。

私と佑香は、いっちゃんが口から食べる練習を始めると、家でゼリーをつくって運びました。少しずつ固形の物に変化したら、それに合わせて食べれそうなものをつくって持っていきました。

雪が降ったら佑香と雪だるまをつくりいっちゃんに触らせました。冷たい表情をしたのがすごく嬉しかった。いっちゃん、冷たいのもわかる!!

私たちは目の前のできることにしか意識を向けることができませんでした。

そんな時、たまたまテレビを見ていると、脳梗塞の人が早期のリハビリでとても回復するという特番が目に飛び込んできました。

「ここや！　ここならいっちゃんでもよくなるはず！」

すぐに病院の名前をメモし、翌日の朝一番に電話をかけました。自宅から近く車で二十分ぐらいのところにあるその病院には、きっと多くの問い合わせがあったのでしょう。電話口に出た女性はとても機械的に、重度な人は受け入れないといいました。何度も「そんなことをいわないで、診るだけ診てほしい」とお願いをしましたが、駄目、無理の一点ばり。とうとう、女性にむかって「あなた、自分のお父さんでも同じことがいえますか」といってしまいました。「無理なものは無理です」。

正直すごい挫折感でした。えっ、いっちゃんってリハビリで転院したくても受け入れ先がないの？　いいといわれているところでも、重度すぎれば受け入れてもらわれへんの？　それほど重度なん？　私の頭のなかは「？」だらけでした。

今まで、たいていのことは望めば叶っていました。少し手の届かないと思うことでも、努力すれば何とかなっていました。真面目に真面目に生きていたら、ほとんどの希望は叶っていました。子どもの進学も私の再就職も……。順風満帆な人生を送ってきたのです。

でも、今まさに、元気になろうと努力しようとしているのに、入り口にさえ立てないなんてことがあるの？　門前払いという言葉はあるけれど、門の前にも立てないなんてことがあるの？

あなたのだんなさんは見込みがないよと烙印を押されたような気がして、私は悔しくて泣きました。私たちは望むことすらできずにこれからは生きなければいけないのかと、ひどく心が沈みました。

え？　受け入れてくれるんですか！

いっちゃんの「よくなる」という未来に対して不安がいっぱいのそんな時、関西リハビリテーション病院の松本憲二先生が面接してくださることになったのです。面接してくれるだけでも嬉しかった。そして、「うちで引き受けてあげる」といってくださってほんとうに嬉しかったです。いっちゃんを一人の人間として改善する見込みがあると認めてもらえたような気がして、心にぱっと花が咲きました。

実は、私は面接の時に肩がガチガチになってとても緊張していました。また断られたらどうしよう。でも、松本先生の穏やかなまなざしに緊張がほどけてきたのです。「大丈夫、引き受けるよ」といってくださった、松本先生の優しい目が今でも忘れられません。それに、関西リハビリテーション病院は建てられたばかりで、とても立派できれいな病院でした。

いっちゃんの様子がおかしいと感じ始めてから約半年が経っていました。その間に大変なことが次々と起こり、私たち家族はとても疲れ切っていました。数々と起こってくることに対応しきれなくなり、家族皆が疲弊していました。それでも病院には毎日通って、いっちゃんに付いてあげないとと思いました。そこで、病院の近くに部屋を借りて、家族のうちの誰かがいっちゃんに付き添う道を選択しました。お金のことも心配でしたし引越しもしたことがありません。でもそんなことをいってられない状態でした。

関西リハビリテーション病院の近くに借りた部屋で過ごす生活はママゴトみたいでしたが、それはそれで楽しかった記憶があります。病院が近くなった分、体力的な負担は減ったような気がしました。

当時のいっちゃんは体重も二十キロぐらい減って頬はこけてガリガリ。ギョロギョロした目はいつも焦点があっていません。髪の毛は後ろのほうの一部分が抜けてつるつるですが、散髪できるような状態でなかったので他は伸び放題。一言でいうなら、廃人でした。話しかけても返事も反応もほとんどなく、車イスに座ることさえ困難で寝たきりの状態でした。

目の焦点も合わない廃人のいっちゃん

希望〜大東の家に帰ろう〜

そんないっちゃんを担当してくださったのが、勝谷将史先生でした。先生は廃人のようないっちゃんに丁寧にアプローチをしてくださり、私たちに「伊三雄さんを外泊で大東の家に連れて帰れるようにリハビリを進めましょう」という目標をくれたのです。

目の前のことに精一杯で、少し先や一年後のことなんて想像することさえなかった私たちでした。それにいっちゃんがいっちゃんでなくなってしまい泣きながら自宅から病院へ連れて行った、あの恐怖の年末から、もう二度と家に帰ることはないかもと一時は覚悟したこともありましたので、連れて帰れる日がくるなんて夢のような目標でした。

一番最初に大東の自宅にいっちゃんを連れて帰った日のことを私は忘れません。子どもたちは無邪気にパパが外泊で帰ってきたことを全力で喜び、家族四人で笑って食卓を囲みました。四人がこの家に揃うことに心が躍りました。いっちゃんは痩せこけていたけれど、春色のきれいなピンクのセーターを着ていたのを覚えています。

私は、家に帰る目標が実現できたら、次は家族揃って遼平の大学の入学式に出席するという相当無茶な目標を掲げ、そのことを勝谷先生に告げました。先生は苦笑いをしながらも「がんばりましょう」といってくださいました。

ほんとうに根気のいるリハビリでした。まず目が開かない、こちらの指示が入らない、集中力がもたない。リハビリする前に心が折れそうなぐらい困難でした。しかし、根気よく少しずつ、少しずつ。

四月の入学式の時にはまだ十分に歩くことはできなかったけれど、京都まで介護タクシーをチャーターして車イスで、いっちゃんは散髪もして入学式に行きました。入学式に連れていこうという無謀な提案にも、勝谷先生はいいですよと背中を押してくれたのです。

いっちゃんは教育熱心なパパでした。遼平の中学受験の時は、塾までの迎えは必ず行ってくれました。遼平ががんばっているのだから自分も一番好きなものを止めるといい出し、大好きなお酒を禁止して願掛けをしていました。そんな教育熱心なパパでしたから、遼平が大学の入試に合格したのはほんとうに嬉しいはずでした。

遼平の大学入学式にて

ガチのリハビリ生活

春が過ぎ夏が来て、いっちゃんは少しずつ人間らしくなっていきました。五月のゴールデンウィークの時はまだ車イスでしたが、少しずつ歩けるようにもなってきました。自主トレーニングもよく行ないました。少しずつ歩けるようになった時は、夕食後、病院の周りを必ず歩きました。夕日に染まるピンク色の空がきれいでその空をいつも見上げ、歌いながら散歩をしました。理学療法士や作業療法士、言語聴覚士の先生のリハビリの他に、ゲームソフトのＷｉｉを使ってのリハビリなども行ないました。他にも、マシンを使っての自転車こぎやキャッチボール、階段の登り降りなどを毎日繰り返しました。病室でじっと寝ることのないよう、常に三人のうちの誰かがついて話しかけたり歌ったりしました。毎日のリハビリの他に、病院の庭にプランターを持ち込んで野菜を植えました。オクラ、シシトウ、ミニトマト、ナスビなど……。毎日水をやり、成長を楽しみにしていました。もともと土いじりは好きなので土を持ち込むことをお願いして始めましたが、これもいわゆる園芸療法なんですね。知らずに始めていました。

あと、週に一回、木曜の午後から、那須貴之先生がギター片手にいろいろな歌を歌ってくださいました。いっちゃんはその時間が大好きで大好きで。それまでボーッと一点を見つめて死んだ目をしていたのに、歌が始まるとボロボロと泣くのです。忘れもしない『蘇州夜曲』を弾いてもらった時、いっちゃんの心が震えたのか大号泣したのです。心から歌に感動して涙が溢れ出るという感じでした。泣くという感情を取り戻した瞬間でした。『瀬戸の花嫁』も大きな声で歌って泣いていました。

そんなリハビリ生活のなか、寝たきりから車イス、車イスから自分で歩く、と少しずつ変わっていた時、会社の課長が突然お見舞いに来られて、途端に歩けなくなったということがありました。会社での軟禁状態でこのようになり、いっちゃんの心に会社・上司・仕事がどのような影を落としたのかは私には計り知れません。でも、脳も心も正直です。課長の姿を見たその瞬間からいっちゃんは歩けなくなり車イス生活に戻りました。

そんな時に、一度、東京の姪がお見舞いに来てくれたのです。彼女はピアノ教師なので、病院のホールでプチコンサートを開いてくれました。忘れもしない八月四日のことです。姪のピアノの演奏を車イスで聞いていたいっちゃんが突然、立ち上がり、手をたたいたのです。姪は小さい頃から、いっちゃんのことを「おじころりん」といって慕ってくれていました。そのコンサートからいっちゃんはまた、歩くことができるようになったのです。

兵庫医科大学ささやま医療センターへ。私たち疲れてる？

関西リハビリテーション病院での入院日数は百八十日間と決まっていました。私はリハビリにこだわりました。リハビリをもっと継続したら、いっちゃんはよくなるはずに違いない。そう信じて勝谷先生にお願いし、系列の兵庫医科大学ささやま医療センターへ転院することになりました。丹波篠山は遠すぎてさすがの私も毎日行くことはできません。なので月曜日から木曜日の夕方まで病院でリハビリをし、そして木曜日の夕方から日曜日までは自宅で過ごすという生活パターンになりました。

自宅から丹波までの道のりは、八十六キロ。

私の勤めている学校の授業が終わった木曜の午後から、いっちゃんを病院まで迎えに車を走らせます。その時、名塩のサービスエリアで、三十分ぐらい、車のシートを倒して横になるのです。どうにも気持ちがついていけなくて名塩で休憩して、そしてコーヒーを買って、病院に迎えに行っていました。私はその頃から別名長距離運転手という名前をつけられました。

話は遡りますが、関西リハビリテーション病院に入院している時のこと、私の勤務先の学校がある西三荘駅の階段を病院へ行くために登ろうとしたのですが、どうしても登れないことが一度ありました。病院に行く時間が遅くなったことが以前にあって、そんな時に限っていっちゃんが車イスから落ちてこけたことがありました。もっと早く行けばよかったととても後悔し、「いっちゃん、ごめん」とすごく自分を責めました。そんなことがあったので、早く病院に行ってあげなあかんのに……と思うのですが、どうしても西三荘駅の階段が登れない。私は泣きながら、いっちゃんの友人の奥さんである、南野加代子ちゃんに電話をかけていました。

「かよちゃん、行かなあかんってわかっているのに、一歩も動かれへんねん。どうしよう」

「京子ちゃん、今日は行かんでいいよ、休み」

とかよちゃんはいってくれました。その後、私は改札を抜け、駅のホームのベンチに座って何本も何本も電車を見送りました。真夏の駅のホームで……。完全に心のバランスを崩していました。

そんなこともあって、丹波に一気に行けずに休憩を取ることは仕方のないことでした。早く行ってあげたい。でも、木曜から日曜まで、高次脳機能障がいのいっちゃんの面倒をみないとだめ。すでに心の体力がなくなっていました。でも、一週も欠かさず、私は丹波に迎えに通いました。ご褒美は病院の近くに売っている鯖寿司です。とても美味しくて子どもたちと毎週のお楽しみにしていました。

自然が大好きないっちゃんにとって、丹波はとても居心地がよかったようで、体力的にとても回復してきた時期でした。病院のまわりをジョギングしたり、病院の階段を一階から三階まで駆け上がったりできるようにまで回復していました。左の麻痺はあるものの、それをハンディに感じることもあまりなく、体力は回復してきました。ただ、視床痛がひどくちょっとしたタイミングで痛がるのです。

あと高次脳機能障がいの症状はすごく現れました。いきなり叩いたり噛んできたり。しかしそれが高次脳機能障がいの症状だということすら気にとめる余裕が私にはありませんでした。

一度、身の毛もよだつような事件が起こりました。車が高速道路を制限速度いっぱいで走行中、いっちゃんがいきなり車のドアを開けたのです。万一転がり落ちていたら、大惨事です。その時から、「カッチャンした？（ドアのロックのこと）」が合い言葉になりました。

いっちゃんは感情の起伏が激しくなり、その頃からすぐ怒る、すぐ泣くということが目立ってきました。

リハビリ留学？　単身赴任リハビリ？

ある日、高次脳機能障がいはリハビリで改善するという新聞記事を姉がたまたま見つけて、連絡をくれました。諏訪の杜病院の武居光雄先生という方の記事で、なんと私の実家のある大分県にその病院はありました。私は藁にもすがる思いで、いっちゃんをそこへ入院させてもらうことにしたのです。

実はそれまでに、全国のリハビリ病院に「リハビリをさせてはもらえないか」という問い合わせの電話をかけては断られ続けていました。本を買って、そこに名前が載っている教授に直接電話をしたこともあります。北海道から九州まで何十件もかけました。もう必死でした。リハビリをしたらもっとよくなるとの思いだけで、東北でも沖縄でも私も一緒に行く覚悟で電話をかけ続けました。「もう、そんな重度の方の改善は無理です、諦めなさい」と何度諭されたことか。断られてはへこみ、でもまた電話をかけるということを繰り返しました。いっちゃんはリハビリをしたらもっとよくなると信じ、可能性はゼロではないと思っていたからできたことでした。せっかくここまでよくなっているのにリハビリを諦めることはできない。だから、引き受けてくださった諏訪の杜病院にはほんとうに感謝しかありません。

私の生活は丹波へ通うのが大分に変わっただけです。あいかわらず学校の授業が終わったら、その足で新幹線に飛び乗り、日曜日の最終の新幹線で帰阪する生活が始まりました。帰阪する際、一人でおいて帰るいっちゃんがかわいそうでかわいそうで、また、大分に行っている間、家で二人で留守番している子どもたちが不憫で……、ＪＲのソニック号のなかから涙が出始めて乗り換えの小倉から新大阪までいつも目が腫れて鼻は真っ赤でした。なのでサングラスとマスクは必需品。相当怪しい人でした。でも子供たちは常に協力的でした。いっちゃんが倒れた時中学生だった娘は大学生になっていました。受験した大学にすべて合格し、そして京都の大学を選んで通うことを決めました。

リハビリ留学とか単身赴任リハビリとか適当な名前をつけて大分にいっちゃんを送り込みましたが、これでいいのだろうか、いつまでこの生活を続けるのかというとノープランでした。

ただ、いっちゃんのほうは私に手紙をくれたり、携帯電話で「何してんの?」と毎日電話をかけてくるぐらいまでに回復していました。週に三回は病院でしっかりと高次脳機能障がいのリハビリを行ない、週二回はディサービスへ行っていました。そのディサービスでも、車イスの方を押すという役割を持ち、自分のポジションのようなものがちゃんとあったようです。そして週末は私と過ごす。たまたま私の実家が大分にあったこともあり、この生活を継続するのにはとてもよかったです。

父と母はいっちゃんの見舞いによく行ってくれました。同じ県内といっても距離があり、病院へ行くには一日がかりです。それでも必ず「伊三雄君はどんどんようなりよる」と電話をくれました。

第三章　高次脳機能障がいな日々

納谷先生にビビビッ！

大阪にある納谷クリニックの納谷敦夫先生との出会いの場所は、大分県でした。たまたま高次脳機能障がいに関する納谷先生の講演が大分であり、聞きに行ったのがきっかけです。先生のお話を聞き、先生がご自身の体験を話されたのを聞いた時、ビビビッと電流が走りました。その頃の私は誰に何を話してもわかってもらえない、もう誰にも相談しないと心を閉ざしていた時期ですが、講演が終わった後、納谷先生のところへ走って行って、「私、大阪に住んでいて、夫が重度の高次脳機能障がいなんです。先生のクリニックに行ってもいいですか」としゃべっていました。たぶん、必死の形相だったと思います。先生は「ええよ」と笑ってくださいました。

この出会いがなかったら、今の私たちはなかったと思います。話は前後しますが、諏訪の杜病院を退院した後いっちゃんを大阪の自宅に引き取ることになるのですが、納谷先生がいなかったら、私はいっちゃんと差し違えていたか、離婚届を書いて実家に帰っていたかもしれず、どうなっていたのかわかりません。いえるのは、私が殺人犯（しかも夫殺しの大罪）にならずにすんだのは、納谷先生のおかげだと思っています。

納谷先生には、その時々でいろいろなアドバイスをいただきました。私の心のなかに「納谷先生語録」というのがあっていつも支えにしています。

出会った最初の頃、つらくてつらくて、いつも先生のところに泣きながら通っていました。同じ障がいを持つ方々が集まる場に、泣いてしまって参加できないこともありました。泣いて診察できずに帰ったこともありました。何でこんなことになってるんやろうと現実に起こっていることを直視できず息ができないぐらいとても苦しい時期でした。

「白井さん、今、ご主人は倒れて何年になるの？」

「三年です」

「そうかいな、あんな、五年経ったら少ぅしましになるで」

「十年経ったら、ずっと楽になるからな」

「だから、がんばりや」とは先生はおっしゃいません。先生はいつも、「あんた、がんばり過ぎるから、がんばったらあかん」「一生懸命にならんでも、もうすでに一生懸命や」

「あなたはなぁ、お父ちゃんのことになると百二十％やるやろ。二十％でよろしから。やり過ぎ」

「山をつくらずに淡々とやりなさい。山をつくるから谷に落ちます」

などとおっしゃってくださいます。

そしていっちゃんに「奥さんスパルタやさかいな」といって、いっちゃんとケラケラ笑うのです。

「先生、私ら悪いことなーんもしてへんのに、何でこんなことになってしまったんやろ」

と私が泣くと、先生は
「あんな、世のなか幸せな人ばかりやったらバランスが取れませんやろ。神さんがいてはったらな、白井さんならこの不幸玉受けとめられるって思って白井さんめがけて投げはったか、ランダムに投げた玉にたまたまあなたが当たってしまったかはわからへんけど、我々はその玉をもらってしまったんやなあ」

と話してくださいました。個人的なことですが、先生も私と同じ当事者の家族という立場でした。

「雨は嫌ですなぁ……。あの時も雨やった。あなたもご主人が倒れた時は雨でしたか。ほんま、この時期の雨は嫌ですなぁ」

こんな偉い先生でも過去を思い出してつらい気持ちになるんや~。私なんて何のとりえもない人間やから前向きになられへん時があっても仕方ないねんなぁと思うことができました
先生の口からでる言葉は、時には悔しい気持ちであったり、悲しい気持ちであったり……。だから先生には自分のことを話せるし、自分の気持ちをわかってくれる人がいるということが、どれほど救われることか。私は心からそう思います。納谷先生の眼鏡の奥の目はいつも優しさに溢れていて、今も先生は私の心のオアシスです。

帰ってきたよ、大東に！

その頃、子どもたちは二人とも大学生と大学院生になっていました。佑香が大学生になるまではいっちゃんには単身赴任リハビリをがんばってもらおう。おぼろげにそんなことは考えていましたが、いっちゃんはいつまで大分にいるのだろう。ふと私の頭のなかに疑問が湧いてきました。子どもたちはいつか、就職して家を出ていくかもしれません。そうしたら、家族四人で一緒に過ごすことはなくなるのではないでしょうか。リハビリをすればいっちゃんはどんどん改善されましたが、子どもたちと一緒に過ごさせてあげないとだめだと私は思いつきました。そう思ったら誰にも相談せずに、自宅をリフォームすることに決めました。住んでいた家に不足はありませんでしたが、介護には全く不向きでした。段差はあるし、一つずつ部屋が区切られていて、トイレやお風呂に入ることも無理だと思いました。そこで全面的にリフォームし、私がどこにいてもいっちゃんのことがわかるようにワンフロアにしたのです。

いっちゃんのいうことに右へ習えの何一つ自分の意志で動けなかった私は、ずいぶん変わったなぁと、当時、白井京子が違うところから自分自身を見て思ったような気がしました。

変身したいっちゃんが帰ってきた

準備万端に整えて、いっちゃんとの生活が始まりました。

でも、正直、甘く考えていました。やめておいたらよかったと何度も後悔しました。週末の病院通いも大変でしたが、超重度高次脳機能障がいのいっちゃんとの暮らしがどれだけ大変か、予想をはるかに超えていました。医療の知識も介護の経験もない私はどうしていいのかさっぱりわからず、戸惑うことばかり。本を読んでも、そこに書いてあることはあまり役には立たず、私は困り果てました。

いっちゃんはずいぶんと回復して言葉も話せましたし、体の麻痺もとても改善されていました。ただ高次脳機能障がいはほんとうに手強くて、予測がつかないことが度々起こりました。教科書さえあれば、私は必死に勉強して百点を取る自信がありますが、教科書などあるはずもなく「えっー、どうしたらいいかわからへん」と何度も叫んでいたように思います。

いっちゃんのいっていることが私に伝わらなくてイライラさせたり、一日中大声を出す時期もあり、こちらがノイローゼになりそうでした。今より意欲があり、体も動いて発動性が活発で行動的です。それがいい方向へむけばいいのですが、とんでもないことになるのです。一度なんて包丁をもって「刺したろか」と追いかけてきたことがありました。いっちゃんの名誉のためにつけ加えますが、普段は穏やかでそんなことをしませんし、高次脳機能障がいの人すべてに当てはまる症状ではありません。これは病気がさせていることなのです。そのため当時はハサミなどの刃物の保管にとても気を遣いました。

いきなり怒り出すこともしばしばあり、急に叩かれたり、いつも噛みつかれたりしていました。手加減せずに全力でやられるものだから、私は痣だらけでした。これも病気がさせていることです。それに暴力的なことばかりをしてくるのではなくて、歌を歌ったりすることもあり、また感動的なテレビなどを見たりすると「よかったなぁ、ほんまによかったなぁ」と号泣しました。野球でホームランを打ったといっては嬉し泣きし、赤ちゃんが産まれた番組でこれまた嬉し泣き。動物がかわい過ぎるといってはまた泣く。怒ったり喜んだり泣いたりと気持ちの切り替えに忙しく、感情のコントロールができない時期でした。

また今よりずっと行動的だったので、夜中にふと隣りを見ると、寝ているはずのいっちゃんがいないということも度々ありました。驚いて捜してみると、リビングのソファで寝ていたり、外に出て行こうとしていたり。少しも気が休まりませんでした。映画のワンシーンのように、いっちゃんとゆるーく紐で手をくくって寝たこともありました。でもその紐をそーっと外して一階に下りて行ったりしていました。なんだか笑ってしまいますが、このように予測のつかない高次脳機能障がいの一つずつにそのたびごとの対応をしていたように思います。あくまでもこれはその時のいっちゃんの症状で、高次脳機能障がいの人がすべてこうなるわけではないのです。だから難しいといわれるのかもしれず、教科書がないのかもしれません。

専門的な言葉でいうなら、いっちゃんは保続が強かったです。

今でもですが、一つのことにこだわりを持つとやめられない。ズボンの一部を破るまでこすり続けるなんてことも当時からよくありました。

今のいっちゃんのブームは頭を叩く。髪の毛をむしるです。なのでだんだん頭頂部が薄くなってきています。

そんな時止めさせたくても止めないので、違うことをして気をそらさせたり（例えば散歩に出るとかじゃんけんをするとか）、あんまり叩いたりむしったりする時は私がそばに座って話をしたりマッサージをしたりします。不思議と落ち着くのですが、こちらも手が離せなかったり、何度いっても髪の毛をむしる時は、禿げたら離婚するで！と忠告したりすることもあります（笑）。


話がそれましたが十二年たってこの生活に慣れたからできることかもしれませんが、当時の私にはそのような余裕が全然ありませんでした。

当時私が仕事にでかけている間はディサービスと、就労型の作業所に通っていました。作業所では、紙袋の取っ手をつけたり、百均で売られる容器のキャップをはめる仕事です。その時のいっちゃんの気持ちはどんなだったでしょう。想像することは容易ではありませんが、ただストレスからか、一日中声をあげていたことは事実です。私は、どうして中途障がいの人がプライドをもってリハビリできる場所がないのだろうとずっと思っていました。地元に帰っても行く場所がない。これが現実なのですが、作業所に行っているところは絶対、娘には見せられないと感じました。

そして私たち家族を悩ませたのが、他人の手を借りないと生活が回らないという環境の変化でした。

自宅にヘルパーさんが入ること、それに予想以上のストレスを感じました。私が教師をしていた頃は、朝、いっちゃんを起こしたらすぐに家を出なければならず、いっちゃんのことはヘルパーさんに任せることになります。朝、学校に行く支度をしている子どもたちにも相当のストレスになりました。ヘルパーさんに赤ちゃんのように何もかもやってもらっている父親の姿は見たくなかったでしょう。家族で「パパってもっと自分でできるよな」と話すことも度々ありました。ディサービスから帰ってくる十六時半に迎え入れてくれるのも、ヘルパーさんです。ヘルパーさんが家にいるため、私は学校が終わっても帰らずにスーパーで時間を潰すようなことが続きました。申し訳ないのですが、赤の他人が自宅にいるというストレスを感じていたのです。そして、ヘルパーさんに高次脳機能障がいについて理解してもらおうとエネルギーを使うことにも疲弊していました。介護保険のことも知らないことばかり。何で？　何で？と思うことばかりでした。説明して何でも自分でやらせてくださいとお願いしても、なかなか通じなくて、そのうちいっちゃんはヘルパーさんに甘えて何でもやってもらう指示待ちの目の死んだおっちゃんになっていきました。

自分で着替えられるのに、両手を出して待ってる姿を見た時、私はぞっとしました。今までリハビリしてきたことが水の泡になるやん。

ヘルパーさんが悪いわけでも何でもありません。それどころか皆さん親切な心の優しい方ばかりでした。私たちの役に立ってあげようとホスピタリティ溢れる方ばかり。

ただ目指すところが違うこと、高次脳機能障がいをわかってもらえていないこと。それがとてもネックになりました。

そして利用する私たちも介護保険の仕組みがさっぱりわからず、平行線のまま生活をするのですから相当なストレスでした。

でも、いっちゃんとの生活は辛い思い出ばかりではありません。四人でリハビリを兼ねて近くの駐車場でキャッチボールをしたり、公園まで運動がてらに散歩に行ったり、ウッドデッキでバーベキューをしたりと、生きていることに小さな幸せも見つけることができていました。

でも、何事にも完璧を目指す私は、せっかくここまで回復したいっちゃんのできることを維持、向上させようとして必死で、自分の自由な時間は全くなくなっていきました。

怖いから突然倒れんといて

その頃、いろいろとバランスのとれないでいるいっちゃんは突然よく倒れていました。急に全身に冷や汗をかいて、涙も鼻水もよだれもおしっこも何もかも全部出して倒れるのです。三ヵ月に一回ぐらい、バタッと急に倒れるので怖かったです。死ぬのではないかと慌てました。救急車を呼ぶのですが、病院に着く頃には普通に戻っていて原因不明でした。倒れては救急車を呼ぶ、を繰り返し、また入院検査をしても原因がわかりません。そのうち救急車を呼ばずに家で様子を見るようになりました。倒れた時はどんな対処をしたら落ち着くのかもわかるようになりましたし、いっちゃんの様子を見ていたら倒れる前触れもわかるようになりました。

立ったり座ったりとそわそわ落ち着きがなくなり、ジトッと冷や汗が出てきたら要注意。そんな時は何でもいいから横にさせて、ひたすらさすります。落ち着け、落ち着け、大丈夫！大丈夫！と呪文のように手や胸をさすります。ボディタッチ？　タッチケア？とでもいうのでしょうか。何がいいのかわかりませんし、それが正しいのかもわかりません。私は医者でも看護師でもないので医療知識もありません。でも不思議なことに倒れることがなくなったのです。倒れる前に気がつくようになったからでしょうか。

でも、訴えることのできないいっちゃんです。

一度、微熱が出て何も食べなくなったことがありました。おかしいと思い、すぐに近くの病院に行きました。まず高次脳機能障がいをもっていることを説明してもよくわかってもらえず、どこが痛いとか訴えることができないので原因がわかるまで丸一日かかりました。結局、胆嚢炎で破裂寸前とわかったのですが、そこの病院では入院できないということでした。その時も、「先生、パパが死んでしまう。助けてほしい」と納谷先生に泣きながら電話をかけ、大阪急性期総合医療センターを紹介してもらいました。とても痛がっているので早くしないとと思ったのですが、救急車はなかなか出発してくれませんでした。到着した頃は、手遅れで悪い箇所を切り取る手術でなく、命の継続を試みますといわれました。何で？　朝から病院に行っているのに、何でそんなことになるの？　なんでまた命の危機にさらされてるの？　いっちゃんのような重度高次脳機能障がい者は生きにくいのです。

今、私が体調管理で気をつけていることは、水分摂取と便秘にならないことです。水分はとても大切です。いっちゃんは自分で積極的に水分を飲まないので、私が管理しているのです。

あと便秘になると一気にいろんなことができなくなります。体重については、ほんとうはあと六キロぐらいはダイエットが必要だと思っています。ただ仕事で一週間ショートステイを利用した時四キロ激やせして帰ってきたことがありました。その時のことが頭にあって理想の体重よりは、少しぽっちゃりしているほうが体力的にもよいのではないかと考えていますし、夫婦ともどもダイエットはなかなか進みません。

今はなるべくショートステイに預けないでいいようなことを工夫しています。でもそれも限界なので、賢くお世話にならないと続かないこともわかっています。

皆で、わけようよ

私のような介護をする者は、いっちゃんの体調管理を一人で背負わないといけません。その荷はとても重いです。一人で背負っているその荷を少しずつ、誰かが一緒に持ってくれたら、私もずいぶんと心強いと思うのです。自分ではおおざっぱだと思うのですが、周りの人は私のことを完璧主義だといいます。だから、よけい、いっちゃんの介護はしんどかったです。そこにもってきて、私はいっちゃんは何でも自分でできることを知っているのですから、目的や進む方向が違うのでよけいにやりにくいことだったでしょう。

障がい受容という言葉をよく聞きますが、その頃の私は「絶対よくなる、絶対よくする、よくならないのはリハビリをしていないから」とずっと思い込んでいました。リハビリのできない制度がおかしい。もっとやれば、いっちゃんはよくなるはずなのにと不満に思っていました。

あまりにいろんなことが上手くいかなくて、一人で焦っていました。

そんな時に、遼平が突然、いい出したのです。大学へ出かける前に玄関でたまりかねたよう

に振り返り、

「ママ、皆でわけようよ」

と。

「ママはパパがかわいそうかわいそうといって、何もかもパパ中心に生活しているけれど、側で見ていて、僕はパパよりママがかわいそうや。このままやったら、必ず歪みがくるよ。僕も少しもらうし、佑香にも渡して、パパ自身にも少しがんばってもらって、ママが一人でしようと思うことを皆でわけよう」

といったのです。遼平は紺色のコートを着ていたので冬だったように思います。

この頃、遼平も佑香も京都の大学まで自宅から通っていました。下宿をすすめましたが、たとえ寝るだけでもこの家に毎日、帰ってくることに意味があると、遼平は六年間、佑香は四年間も自宅から大学まで通いました。アルバイトをするぐらいならパパとその時間を過ごすといって、バイトも遊びもせずに、いっちゃんの介護に付き合ってくれました。

私自身、自分一人でしようとしていることに限界を感じていたので、遼平のこの言葉には考えさせられました。人に頼むぐらいなら自分で何とかしたほうがましとずっと誰にも頼らずにやってきましたが、そろそろお願い上手にならないといけないなと思いました。

これは納谷先生にもずっといわれてきたことです。

「白井さん、上手に人に頼まなあきませんよ」

「先生、私どんな風に人に頼んだらいいかわかりません」

「例えば今ペットボトルのお茶がほしい。三本買ってきて。と具体的にやってもらいたいことをいわなあきません。あなたヘルパーさんが来るからといって掃除をするタイプでしょ？」

なるほど納得。


でも以前にどうしてもお願いがしたくて（何を頼んだかは忘れたけど大したことじゃなかった記憶があります）、友人に頼みに行ったことがあるんです。そしたら「人にものを頼むなら、京子ちゃん、あなたのそのネイル取ってからおいで」といわれました。なんか悔しくて障がい者の妻はおしゃれもしてはいけないのかと思ったことがあって、人に頼むぐらいなら自分で何とかするという考えに至ったのです。

ある時、佑香と夜に犬の散歩に行った時のことです。私はつい、ため息のように
「あーあ、私、四十三歳で夫の介護やで」
といってしまったのです。すると佑香が
「私、十六歳で親の介護やで」
といったのです。ハッとさせられました。私は、つらいつらい、大変大変と不幸を一手に引

き受けているみたいな顔をしていましたが、子どもたちのほうがずっとつらいやんと思った瞬間でした。だから、なるべく迷惑をかけないでおこうと思っていたのです。でも、遼平の「皆でわけよう」には考えさせられました。

おかげで、今はとてもお願い上手な私になりました。一人では何もできないし、一人で何かをするよりは助けてくれる人が多くいたほうがいっちゃんにとってもいいし、子どもに迷惑はかけたくないと思っても子どもは親を放っておけないし、強がっても淋しいです。だから、素直に助けてというようにしています。子どもたちにはそれぞれの人生がありますが、高次脳機能障がいのいっちゃんから学ぶことはいっぱいあるはずです。わけのわからないことをよくしゃべる私なんかより、黙ってニコニコしているいっちゃんのほうが子どもにとって癒やしになることもわかってきました。

今では、いっちゃんは佑香にはあまりイタズラはしませんが、遼平には全力でやっつけに行きます。叩いたり、つねったりと本気です。お箸で突いたりもするので気が抜けません。

「遼平はパパの何？」

と聞くと

「弟」

と元気よく答えます。「弟なん？　弟やったらいじめたらあかんの違う？」というと、エヘヘッと笑います。

でも、遼平が「試験に合格したよ」「就職が決まったよ」などと報告すると「あいつなぁ……がんばりよったなぁ」

と号泣します。父親の顔になるのです。

だから子供に頼める時はお願いもするようにしています。

それにもし、私がインフルエンザにかかったりしていっちゃんのことができなくなっても「大丈夫！　伊三雄さんのことは私たちが知っているので」といってくれる人に一人でも多くいてもらったら、いっちゃんのためになると考えています。いっちゃん助け隊＝臼井家助け隊です。ヘルパーさんにストレスを感じていた当時の私からはすごい変化です。

今のいっちゃん

現在のいっちゃんは倒れてから十二年が経ち、ずいぶんと落ち着いてきているように思います。毎日のペースが決まっていて、朝は七時三十分に起きて夜は二十一時に寝ます。でもテレビ番組の「探偵ナイトスクープ」が昔から好きで、その時は夜更かしし、朝寝坊もありです。ディサービスに行っていない時は、リビングにあるソファがお気に入りの場所。クッションを二つ置いた上に横になり、テレビを見てリラックスします。朝は必ず音楽をかけます。その日の気分で自分でＣＤを選んでかけます。口笛太郎さんかモーツァルトのＣＤを選ぶことが多いです。

キャッチボールが大好きで、数えながらのキャッチボールは日課です。大きな声で三百まで数えられる時もあれば、全然数えられない時もありますが、気にしない気にしない。

いっちゃんは今はほとんど声が出ることはありません。以前はあんなに大きな声でわぁわぁといっていたのに、今はほとんどしゃべらなくなっています。「おはようさん、今日はええ天気やなぁ」といって二階から一人で起きてきた時もあったのですが。

でも、秘密もあるのです。夜中に「なぁ、パパ、私悩んでることあるねん」などと話しかけてみると、「なんや、何を悩んでるんや？」とか「それはあかんがな」「ええこっちゃ、パパはええと思うで」と答えてくれる時があるのです。不思議でしょう？　ほんとうに普通に会話ができるのです。この現象は何なのか、どなたか教えてくれませんか（笑）？　だから、いっちゃんと普通の会話がしたくなると、私は寝ているいっちゃんに話しかけます。

あとは、佑香の話をするとすぐに泣きます。決まって泣くのです。ツボのようです。佑香が帰ってきた時はいやにシャキッとして、ボタンをきっちり留めたり鼻を拭いたりします。かっこいいお父さんでいたいと思っているのでしょうか。

私の母である田舎のおばあちゃんからの電話にもすごく元気に答えます。

「伊三雄君、元気？」

「はい、元気です」
「今日はどうして過ごしてるの？」
「はい、ママとお出かけです」
と、こんな感じです。ほんとうに脳って不思議。

ただ、朝起きたら、すべての手順を忘れてボーッとしています。だから、私は『おはようの歌』を歌って、時には踊って笑わせます。いっちゃんがプーッと吹き出して笑ってくれたらOKです。こっちもテンションをアゲアゲでいかないとなかなか朝からは踊れません。手を洗うことも歯磨きも洗顔もすべて忘れています。以前は何もいわれなくてもできていたことが忘れているのです。

忘れているというよりは脳がつながらなくてやり方がわからない、という表現のほうが正しいでしょうか。

口で教えたり、くちゅくちゅぺーという動作をやってみせたら、やってくれます。何気なく鼻がかめたりしたら、すごく嬉しいです。「今日はええ調子やなぁ」とすごく喜びます。でも、できないからといって落胆はしないようにしています。いろいろ忘れてもまた思い出してくれたらいいし、思い出さなくてもいいと思えるようにもなりました。

でも、やっぱり何かの拍子に脳がつながってくれてできることが増えたらいいなぁと、淡い期待をしてしまう私がいることも事実です。

毎朝、洗顔の後、香水をつけます。元気な時愛用していたアラミスです。

二つぐらい提示してどれをつけますか？と聞くと必ずアラミスを選びます。

「これはなんですか？」

「アラミスです」

「これはどこにつけますか」と聞くと、手首を差し出してくれるのです。

私がいっちゃんの手首にシューとかけると、いっちゃんが両手でこすって耳のところにつけます。その動作が見たくて、私は毎日、手首にかけています。これが日課です。

ただ、飲み込むことを忘れていて、飲み込めなくて吐き出したりむせてしまうので困ります。私が飲み込む音を聞かせたり、飲んでいるところを見せたりといろいろやってみせます。誤嚥が怖いなぁと思います。

そのためか、いっちゃんとの食事は要注意です。むせて吐き出すし、くしゃみも出るし、騒がしいです。私は家族だから我慢もできますが、お客様と一緒に食事をする時はほんとうに申し訳なく思います。汚いことになって食事が台無しになることもしばしばあります。

第四章　口笛、楽しい！

居場所探しの旅

いっちゃんとの生活で、私はいっちゃんの居場所探しをずっとしていました。何か、いっちゃんの楽しめる場所はないか？　障がい者スポーツセンターに通ったこともあるし、家族会にも行ったり、体操に行ったり、卓球に行ってみたり、あとはゴルフにも行きました。もともと運動神経は抜群にいいいっちゃんなので、スポーツセンターでキャッチボールをすると、元野球部だった人を相手に体育館のはしからはしまでボールを投げ合うのです。すごく上手ですねといわれると私まで嬉しくなって、「いっちゃんはできるねん」と思ってしまいます。元プロゴルファーの方にたまたまゴルフを教えていただくチャンスもあり、習ったこともありました。「とても上手で教えることはありません」などといわれて、私は「ほら、いっちゃんはできるねん」と思っていました。

でも、周りの人はいっちゃんのことをジロジロと見ますし、「どんな病気ですか？」と声をかけられたりします。卓球も実はとても上手なのに、相手の方がいっちゃんの見かけだけで判断し手加減しているのがわかったりすると、一気に気持ちがダウン。私が楽しくありませんでした。

そう、いっちゃんの居場所探しをしても私が全然楽しくなかったのです。ゴルフの打ちっぱなしは、遼平が行く時に年に一回か二回行くぐらいになりました。卓球に関しては、スーパーで千五百八十円で買ってきたネットを自宅のテーブルに張ってすることを覚えました。私と二人でどこにも行かず、ひきこもりの日々。居場所ってないなぁと思いました。

今考えると二人はというよりは私が孤独病にかかっていたのですね。なんかつまらない……、行く場所がない……。

心にしみた『知床旅情』

私は、いっちゃんとの生活と教師という仕事のなかでとても疲弊していた時期がありました。学校でも何かと問題もあり、仕事から帰ってきてテーブルのところに座ってため息をついていました。その時、前に座っていたいっちゃんがいきなり『知床旅情』を口笛で吹いたのです。その頃のいっちゃんはあまりもう言葉が出なくなっていました。

♪知床の岬にハマナスの咲く頃♪　口笛の音色は素晴らしく、心に染みこんでいくようでした。とくに、♪飲んで騒いで丘に登れば♪のところにはいっちゃんのアレンジが入り、それがすごくよくて心がじわ～んとしたのです。

「この人、口笛で私を励まそうとしている」

私が口笛を聞いて号泣していると、いっちゃんは急に立ち上がり私の肩をポンポンと叩いたのです。

「パパ～」

私は、「一人で介護をさせられていつもしんどいし、大変なことばかり」と日頃から心のなかで思っていたのかもしれません。でも、いっちゃんは「重度障がい者になってしまって記憶も続かないし何にもわからへん人」になってしまったと思っていましたが、全部わかっていたのです。支えられているのは私だと気づいた瞬間でした。

何度もリクエストしたら、一生懸命、口笛を吹いてくれるいっちゃん。その音色があまりにきれいで、当時使っていた携帯電話で録音しました。心が弱くなったら、その携帯電話で口笛を聞いて頑張るという日々を送っていました。

その日を境に私は少しずつ変わりました。

いっちゃんは高次脳機能障がいになってしまって別の人になったと思っていたけれど、いっちゃんの心の奥、いっちゃんの考え方においては何も変わってないことに気がついたのです。

それは、家族のことを誰よりも大切に思っている気持ちです。

そう思うと日々の介護がなんだかとても軽くなりました。いつもどうやったらいいの？　何が正解なの？　とすべてに自信が持てず、失敗したらどうしようとびくびくしていました。

何も訴えることのできないいっちゃんの命を預かり、ちゃんとやらないとと自分で自分を追い詰めていたこともありました。でも、やったことがないことは、もしできなくても当然やんなぁ～と自分のハードルを低くすることができるようになりました。

そしてやらされている介護は終わり、ほんとうの意味で今生きていることに感謝することもできるようになりました。よく感謝していると思って口にも出していましたが、この時を境に感謝は自然とあふれ出てくるものだと感じました。

いっちゃんの口笛を境にして私の心が変化し、少しずつ少しずついっちゃんとの生活を楽しめるようになっていきました。

口笛のボランティア

そんな時いっちゃんが通っているデイサービスのアニバーサリーイベントに、口笛のボランティアの方が来るというご案内をいただき、いっちゃんと私の二人で行くことにしました。
口笛が始まると、とても楽しそうに集中して、口笛を一緒に吹くいっちゃんを見て
「あぁ、すごく楽しそうやし、いっちゃん、やっぱり口笛がめちゃ上手やん」

と思いました。目がキラキラして、とても集中しています。

その頃はもう長く集中することも難しくなっていて、だんだんとできることも少なくなってきているなぁと心のなかで感じていました。脳にダメージを受けた人は平均より十年早く年を取ると聞いたことがあり、それには逆らえないのか……と現実を受け止めないといけないと思っていたので、楽しそうないっちゃんの姿を見てこちらまで楽しくなりました。

しかし、残念なことにいっちゃんの口笛を録音していた携帯電話が潰れてしまい、バックアップを取っていなかったために、あの時の感動的な口笛を聞くことができなくなっていたのです。そんなこともあり、いっちゃんの口笛を形に残しておきたいと漠然と思い始めていました。遼平や佑香が結婚して子どもができた時には、いっちゃんは口笛が吹けなくなっているかもしれない。そんな時に「じぃじはとっても口笛が上手だったんだよ」と孫に聞かせてあげたいなぁという発想です。

いっちゃんの口笛を収録したCDがつくれないかなとインターネットで調べてみましたが、よくわかりません。でも、つくりたいとずっと心のなかで思っていました。

いっちゃんの日

ある日、またデイサービスから一枚のご案内をいただきました。そこには、「ポラリス 口笛コンサート」と書かれていました。「ふーん、そんなんあるんや。口笛のコンサートか」。よくよく見ると、開催日時は「十一月五日（日）十三時～十六時」となっています。「十一月五日は私の誕生日やん」と、いつもは捨てるご案内のチラシを冷蔵庫にペタリと貼ったのを覚えています。

当時、遼平は薬学部の大学院を卒業したのに、何故か銀行に就職していました。その時にいった言葉は、

「僕な、マウスばっかりを相手に実験してきたけど、パパみたいに人を相手にした仕事をしたいと思ってるねん。パパが倒れた時、パパのお客さんが『私ら○○火災に入ってるんちゃうで、白井保険に入ってるねんで。待ってるからな』っていうてくれはったやろ。本気でかっこいいと思っててん」

でした。そして文系就職の道を選んで家を出ていきました。そして三年経ったある日、「僕、銀行を辞めて、会計士になるわ」と家に帰って来たのです。考えていることがあったのでしょう。口笛コンサートのチラシをもらった頃はちょうど、会計士を目指して猛勉強中でした。

佑香のほうはというと、大学を卒業して、夢だったキャビンアテンダントという仕事に就い

て大空を飛び回り、東京暮らしをしていた頃でした。

そんな時期に、「いっちゃんと二人で休日はどう過ごそうかな」とぼんやりと思いながら、チラシを冷蔵庫のドアにペタリと貼ったという感じでした。

当時は私の仕事が忙しく、なかなか、いっちゃんとゆっくりと過ごすことができませんでした。それに散髪に連れて行きたいけれど台風ばかりで延期していました。そんなことから、十一月五日は私の誕生日だけれど、いっちゃんの日にしようと決めました。

でも、正直、孤独病にかかっていた私はコンサートには気が進みませんでした。いっちゃんがガサガサして音楽を楽しむどころではなかったら嫌だなぁという思いがよぎり、チラシに載っている電話番号に電話をかけていました。

「すみません、障がい者なんですけど、今日のコンサートに伺っても大丈夫ですか」

「ぜひ、どうぞ」

電話口に出てくれた男性がとても親切にそうおっしゃってくださり、駐車場のことなども教えてくださいました。その方が、ポラリスという口笛サークルの主催者である平澤行雄さんでした。その電話口の対応がとても優しかったので、「行ってみようか。もしあかんかったら、すぐ帰ったらええやん」と思ったのです。後にわかったことなのですが、この平澤さんこそが大東市を口笛の聖地と呼んだ名づけ親です。平澤さんはそろばんの有名な先生です。そしてフラッシュ暗算を考え世のなかに広めたすごい方です。電話口の男性はそんなすごい方だったのです。一本の電話が、これから起こる未来へのワクワクのドアを開けてくれたのです。

午前中に散髪をしてお昼ご飯をすませ、会場である大東市のＤＩＣ21へむかいました。ホールは満杯でしたが、席をゆずってくださる方がいて座って口笛のコンサートを聞くことができました。いっちゃんはとても楽しそうでした。ゴソゴソするどころか、とても集中してずっと聞いています。「楽しいねんや」と私まで嬉しくなりました。途中で「もう帰ろうか？」と聞いても、「嫌、帰らへん」というのです。いつもなら集中力が切れて居眠りをするか、じっと座っていられなくなってゴソゴソするかのどちらかのはずが、ジーッと口笛に聞き入っているのです。

そのうち出演されている浅野文子さんという方がそばに来て

「白井さん、前で吹いてみる？」

と声をかけてくださったのです。浅野さんはデイサービスに口笛ボランティアで来られていた方です。「えっー、大丈夫かな」と私は最初、思いました。でも「いっちゃん、前で吹いてみる？」と聞いたら、「うん」とはっきりと返事をしたのです。

浅野さんが主催者である平澤さんに頼んでくれ、平澤さんはプログラムが押していたにもかかわらず快諾してくださり、皆の前で口笛を吹くことになりました。私はマイクにむかって自己紹介と、脳の病気で高次脳機能障がいになったこと、今日はたまたま私の誕生日でプレゼントの代わりにきっと上手に吹いてくれるだろうということをしゃべりました。

そして、いっちゃんは浅野さんのご主人によるハーモニカのメロディに合わせて、とても上手に『故郷』を吹いてくれたのです。打ち合わせもなしに、ハーモニカを聞きながら繰り返しもばっちりでほんとうに上手な口笛でした。会場は拍手喝采でした。私は「ほら、うちのいっちゃん、めっちゃ上手に口笛を吹いてくれた！　できた、できた！」と誇らしく思いました。お義母さんが「伊三雄君はスポーツが万能で、リレーでいつも一番」と自慢していたあの気持ちと一緒だと思いました。障がい者だからといつも遠慮して引きこもっていたけれど、「やっぱり、うちのいっちゃんはやってくれる！」というような気持ちだったのです。

プロジェクトS、始動！

そこから私の気持ちに弾みがついて、ここの誰かにCD制作の話をしてみようというアイディアが浮かびました。コンサートはエンディングに入り、主人のそばに口笛奏者の三宅英明さんと山鳥剛さんが来て三人で楽しそうに口笛を吹いて終わりました。

「あー、楽しかった。今日はここへ来てよかった。最高の誕生日プレゼントをもらったわ」

そう思いながらも、私の胸のなかは、CDのことを誰かに聞いてみたいとわさわさしていました。まず、あの音響をやっている人はどうだろうと最初に思ったのがのちのプロジェクトSのメンバーになってくれる緒方隆人さんでしたが、コンサートが終わり忙しそうに黙々と片付けているのでいい出せません。平澤さんにご挨拶をしてお礼をいっても、さすがのあつかましい私もなかなかいい出せず外に出ました。

そして、入り口のところに、先程主人のそばで口笛を吹いてくれたイケメンの口笛奏者、三宅さんがいたので、「今日はありがとうございました」とご挨拶をしました。その時にとうとう、

「私、主人の口笛のCDをつくりたいんです」

と口に出したのです。いいながら、心臓が口から飛び出しそうでした。

ところが、三宅さんはあっさりと「やりましょう。できますよ」といってくれたのです。

あの日の出会いを今も思い出すと、ドキドキワクワクが甦ってきます。家に帰ってからも、私はルンルンでした。いっちゃんが最後までコンサートを聞けたこと、皆さんが障がい者のいっちゃんを快く受け入れてくれたこと、舞台の上で、皆の前で口笛を上手に吹けたこと、それが皆の心に響いたこと、口笛奏者の方とお友達になれたこと、CDをつくりたいと伝えられたこと。すべてが嬉しくて、一人でニマニマ笑いがこみ上げてくる、そんな気分でした。最高の誕生日になりました。

正直、あの時の口笛奏者の方から連絡がくるとは思ってもいませんでした。LINEを交換したけれど、もう、CDをつくりたいと口に出せただけで満足し、ほんとうに連絡がくるとは思いもしていなかったのです。

ところが、三宅さんから、「差し支えがなければ、伊三雄さんの体調のことを教えていただ

ければサポートしやすいです」とＬＩＮＥがきたのです。そして「ＣＤ制作のお話、実現してみませんか？　録音機材も人材も揃いそうですよ」と嬉しいＬＩＮＥもきました。そして「やれる限りのサポートができることが楽しみです」と。しかも「すぐ始めましょう」とも。

十一月十九日に私の自宅にきていただく約束をしました。ＬＩＮＥはコンサートからわずか三日後のことで、そしてＣＤ制作が決まったのです。

十一月十九日は、十年ぶりにいっちゃんの新しくできたお客様をお迎えするワクワクの日となりました。いっちゃんのお客様などお迎えすることはもうないと心のシャッターをおろして、大げさではなく私の人生はこの人と一緒に終わったとさえ思った時期がありました。そのため、友人の来訪がどれだけワクワクするものか……。

当日は朝から丁寧に掃除をして、手づくりの昼食を用意し、ケーキも焼きました。大東市在住で口笛奏者でもある山鳥さんが先に来られました。山鳥さんはいろいろなボランティア活動やテレビのＣＭの口笛を吹かれたりしている方です。二人でいろいろな話をしながら待ちましたが、時間になっても三宅さんは来ません。おかしいなぁと待つこと一時間。不安がよぎりました。　どれぐらい時間が経ったでしょうか。チャイムが鳴りました、三宅さんでした。三宅さんは自宅に携帯電話を忘れてしまい、私が書いた住所をチラッと見たその記憶だけを頼りに、私の家を探し当ててくれたのです。交番で聞き、白井と表札の上がった家の人に聞き（たぶん親戚の人に聞いたと思います）、道で歩いている人に聞いて、尋ねて尋ねて、いっちゃんが倒れてから表札を出していない我が家を捜索してたどり着いてくれたのです。

奇跡ですね。

あの時、口笛コンサートのチラシをもらわなかったら。

あの時、口笛コンサートに行かなかったら。

あの時、皆の前で口笛を吹かなかったら。

あの時、口笛奏者の三宅さんと山鳥さんがいっちゃんのそばに来なかったら。

あの時、CDをつくりたいといわなかったら。

あの時、私の家を三宅さんが探し当てなかったら。

CDは完成させることはできなかったかもしれません。数々の偶然に導かれるようにして、私たちは重度高次脳機能障がい者の口笛のCDをつくるというミッションの名のもと、口笛の聖地でもある大東でプロジェクトSを立ち上げたのです。

Sは、もちろん白井の頭文字。

その日、三宅さんをリーダーに、山鳥さんといっちゃん、私の四人でプロジェクトSを立ち上げました。後に、すぐに音響の緒方さんが仲間になってくれました。緒方さんはとて

三宅さん(右)と山鳥さんが初めて家にきてくれた時の1シーン

も多彩な方で飛行機の操縦のライセンスを持っていたり、とにかく機械に強い方なんです。口笛は世界大会のファイナリスト。ほんとうにすごい方です。そして山鳥さんと活動しているピアニストの高木善威さんが伴奏を引き受けてくれることになりました。プロジェクトS若手メンバーの高木さんのピアノはそれはそれは優しくて、このピアノがいっちゃんの口笛を際立たせてくれました。メンバーは六人となりました。

さて、そもそも、なぜＣＤをつくりたかったのか。

以前は言葉も上手にしゃべれていた、いっちゃんでした。でも何度も原因不明で倒れたり、リハビリからはほど遠い生活のなかでだんだんと話す能力が失われていきました。今、こんなに上手に口笛を吹いてくれるけど、いつ吹けなくなるかもわからないという不安が私のなかにありました。いっちゃんの口笛を残しておかないと、とずっと思っていました。

それともうひとつは、発症から十年も経過して、当時お世話になっていたお客様やいっちゃんの友人知人に何の報告もできていませんでした。人と人とのつながりを大切にしていたいっちゃんなのに、私自身は目の前のことや、自分たちが一日を過ごすことに精一杯で、しかもいっちゃんを外に出すことなく引きこもりにさせて、とても不義理をしていました。そのことがとても気になっていたので、病に倒れて十年経った今、なんとか元気にやっていますという気持ちをこのＣＤに込めて皆様に渡したいと考えたのです。

決まったよ！　ＣＤの曲！

まずは選曲です。吹きやすく、いっちゃんが大好きで、吹いていて心が躍る曲というのをコンセプトに、あれこれ……。何曲か候補を上げ、いっちゃんに選んでもらいました。そのなかに『知床旅情』が入っていなかったので加えたのと、皆さんへの感謝を込めてお渡ししたいという思いから、別の曲を『糸』に変えて、計六曲を決めました。

一曲目は、『上を向いて歩こう』です。実は私、一番つらかった時、この曲をいつもいっちゃんと歌っていました。白井ファミリーの応援ソングというよりも、私の応援ソングといってもいいかもしれません。遼平が大学院を卒業して銀行に就職し、佑香がキャビンアテンダントになって二人とも家を出ていって、私といっちゃんとの二人暮らしが三年ほど続きました。しかも引きこもりの時期です。こんなことをいったら駄目ですが、介護の大変さと違って、夫と一緒に住んでいるけれど何ともいえない孤独感といった、言葉にはできない辛さがあった時期です。「子離れ、がんばれ、私！」と心のなかで自分を応援するのですが、どうしても淋しくて元気が出ませんでした。会話の成立しないいっちゃんとの生活、そして子どもが巣立っていってぽっかりと心に穴が空いたような時でした。

とくに二人の子どもは私にとって子どものようで、同志のような存在。人生の一番苦しかった時期を三人で一緒にやり過ごしてきた同志です。遼平も佑香も私にとって子どもでありながら、夫であり友人でありよき理解者であり仲間であり、そんな二人が同時に家からいなくなりました。二人のことは理解も応援もしているのだけれど、どうしても心にぽっかりと穴が空きました。淋しくても、目の前にいるいっちゃんと二人で生きていかなければと、人げさですが思っていました。

この頃、夕食後、よく近くの駐車場に散歩に出かけていました。

「いっちゃん、散歩に行く？　お月様を見ようか？　月光浴やで」

と私がいうと、いっちゃんはいつも元気に

「うん」

と答えてくれました。その時に必ず歌うのが『上を向いて歩こう』でした。月の光に導かれて、ゆっくり三周。涙は滲んでも絶対にこぼさないと決めて手をつないで、ゆっくり三周歩きました。

その時のことをＦａｃｅｂｏｏｋに投稿したら、後にプロジェクトＳのメンバーになってくれたネイリストの平松一美ちゃんが

「最初から決して強いわけじゃないんですよね。京子さんに会うといつも感じます。パワフルな人に見えるかもですが、毎日一歩一歩、切り開いて進んでいるんですよね」

とシェアしてくれました。

そして、この曲は『スキヤキソング』でもあります。リーダーの三宅さんが

「ママさん、日本で初めての重度高次脳機能障がい者のＣＤということは、世界でも初めてかも。

世界に出るかもしれないから、この曲を一番にもってこよう」

と一曲目になりました。


二曲目は『知床旅情』です。

これは絶対、外せない曲でした。私が教師時代、くたくたのボロボロになっている姿を見て、いっちゃんが何とか励まそうと吹いてくれた曲。いっちゃんのアレンジが入って、今までに聞いたことのない『知床旅情』で心に沁みこみました。

CD制作では、いっちゃんに何回も吹いてもらってそのうちの三回分を重ねて録音しました。音響の緒方さんが工夫に工夫を重ね、北海道の知床を思い起こさせるように、口笛に幅をもたせてくれています。雄大で優しいイメージです。

ただひとつの不満は、若い人はこの曲を知らないというのです。ジェネレーションギャップですね。


そして三曲目は『蘇州夜曲』。想い出の曲です。

関西リハビリテーション病院での入院時代、確か木曜日の午後に患者の皆さんが集まり、那須先生がギターを弾いて音楽療法をしてくださっていました。その時のいっちゃんは車イスに満足に座ることもできず、目の焦点も合わず、もちろん声すら出ない状態でした。でも那須先生がギターで弾く『蘇州夜曲』に反応して号泣したのです。泣くという感情を取り戻した想い出の曲です。

そして、このことは後に触れますが、プロジェクトSが立ち上がった翌年に開催したコンサートでジョイントしてくださった歌手の李広宏さんの生まれが、蘇州。そして李さんの代表作は、『蘇州夜曲』。その曲は、サントリーの烏龍茶のCMにも起用されていたのです。李さんとコンサートでジョイントすることなどまったく決まっていなかった十一月に選曲をしていたので、ほんとうにご縁ってつながっていますよね。

この曲のレコーディングではほんとうに苦労しました。音符の読めない、いっちゃん。この曲には繰り返しや上がる下がるといった箇所があり、高次脳機能障がいのいっちゃんには超・超難しかったのです。レコーディングの時、思わず私が「この曲、一生終わらへんで‼」とつぶやいて、いっちゃんが吹き出すという一幕もありました。

ホワイトボードに書いて視覚的に訴えても無理で、とうとう最後はメンバーが全身を使って、上がる、下がる、繰り返す、終わるというのを示しました。とても優雅な曲ですが、私たちSのメンバーが体を張って録音した曲です。

四曲目は、『365日の紙飛行機』。

この曲名を見て気づいた方はいらっしゃいますか。そう、これは朝ドラのテーマ曲で、二〇一五年に発表されたもの。いっちゃんが病気のために重度障がい者になってから、覚えた曲なのです。私は最初、いっちゃんがこの曲を上手に吹いた時はびっくりしました。今は朝食の時にテレビをつけることはありませんが、当時はつけていたかもしれません。ディサービスでもお昼にこの曲が流れていたかもしれません。毎日流れる曲を聴いてとにかく覚えていたのです。すごくないですか？　高次脳機能障がいはどんどん忘れたり、できなくなっていく障がいではないのです。よく認知症ですかと聞かれますが、それとも違います。いっちゃんは見ただけでは新しいことが覚えられるようには思えないかもしれませんが、新しいことも覚えられる、実は可能性が無限大だと思っています。

この曲は歌詞が大好きです。いっちゃんにぴったりで、すごくいいです。開催したコンサートのオープニング動画にも使い、未来がある感じがいいですよね。

そして録音には、私たちSのメンバーがなんと手拍子で参加しています。「手拍子が遅れないように」とか「演歌調にこねたらあかん」とか、いろいろとチェックされながらも特別参加、ほんとうに楽しかったです。

実は一番最初のミーティングの時、「京子さん、歌で参加してください」「京子さんのハミングを入れましょう」などというアイディアをいただきました。私、ソロでCDを出したいぐらい歌うのは大好きですが、これはいっちゃんの口笛のCDにしたかったので丁重にお断りしました。

でも、この手拍子参加はよかったです。Sのメンバーがひとつになった感じがし、皆ニコニコしていましたが、実は真剣でした。それはそれは楽しいレコーディングでした。

五曲目の『糸』。

最初、いっちゃんが選んだ五曲目は他の曲でした。でも、私が三宅さんに「『糸』はどうでしょうか」と聞いてチェンジしてもらいました。歌詞がいっちゃんの人生にぴったりのような気がして、メロディも私がとても好きで、しかもいっちゃんが口笛で吹くと心に沁みるのです。結果、のちに開くことになったコンサートの名前が「口笛で紡ぐ糸～今を生きる～」となりましたからぴったりです。

一本一本の糸は細く弱いかもしれないけれど、♪織りなす布はいつか誰かを暖めうるかもしれない♪　♪逢うべき糸に出逢えることを人は仕合わせと呼びます♪

最後は『Ａｍａｚｉｎｇ　Ｇｒａｃｅ』です。

コンサートを聞きに来てくださった方やＦａｃｅｂｏｏｋでオープニング動画をご覧になった方はわかると思いますが、コンサートのオープニング動画で平松一美ちゃんがいっちゃんの『Ａｍａｚｉｎｇ　Ｇｒａｃｅ』に涙をはらはらと流すシーンを思い浮かべる方も多いと思います。あの時にはすでにラストの曲はこれに決まっていました。

実はこの曲、私たちの結婚式で流した想い出の曲なのです（想い出が少々古いですが）。当時は本田美奈子さんがまだカバーしていなくて、白鳥恵美子さんのCDをかけたように思います。いっちゃんが結婚式当時のことを思い出しているのかどうかは不明ですが、名曲ですよね。しかし、これも高次脳機能障がいのいっちゃんにはどこでエンドにしたらよいか理解しづらい曲でした。何度も録り直した記憶があります。

以上の六曲がCDに入るものとして決まり、どうやって高次脳機能障がいのいっちゃんに覚えてもらうかということになりました。

いっちゃん　練習しぃやぁ〜！

まず、十二月十六日に、高木さんが録音したピアノ伴奏にあわせて、三宅さんや山鳥さん、緒方さんが口笛を吹いて、それをデモCDにしました。

そのデモCDを私が毎日、いっちゃんに聞かせて耳で覚えてもらいます。または一緒に口笛を吹いて本番のレコーディングまでに練習を重ねるといった流れになりました。

レコーディングの場所は大東市にある生涯学習センターアクロスのDIC21で、音響機材もお借りできることになりました。快く貸してくださったアクロスの青木美知子館長に私はご挨拶に伺いました。青木館長とは初対面でしたが、思った通りのとても優しい女性でした。私は堰を切ったように、今までのこと、主人が病気になってからのことをお話しさせていただきました。心にシャッターをおろしていっちゃんのことは人には話さないと決めていましたが、なぜか青木館長にはお話がしやすくていろいろと話すことができました。

また、青木館長はいっちゃんの主治医である納谷先生と大阪府で一緒に仕事をされたことがあるということから、私の話も身近に感じてくださり、いろいろと共感して応援してくださることになりました。「アクロスでできることは協力します」とおっしゃってくださったのです。何よりも私の話を否定も肯定もせずに、「そうですか」と聞いてくださったことに今でも感謝しています。

歌手、李広宏さんとの出会い

ＣＤの完成とともに、歌手である李広宏さんとジョイントコンサートを開催するのですが、李さんとの出会いもこれまたとても不思議なご縁です。

ある時、プロジェクトＳのグループＬＩＮＥに、私がデモＣＤを聞いて練習するいっちゃんの動画を送りました。そうしたら、青木館長が知り合いだった李さんにその動画を送ったのでした。

そして、二〇一七年十二月二十一日に青木館長から

「今日は李さんのクリスマスコンサートに行きますが、彼に白井さんの口笛を吹いている動画を送っています。CDが完成したら、アクロスで李さんと白井さんとプロジェクトSでコンサートが開けたらいいですね」

というLINEをいただきました。

私はちょうどその日は仕事で中之島公会堂へむかっている最中でした。電車の待ち時間にFacebookを見ていたら、青木館長が投稿されていて、場所はどうも中之島公会堂みたいでした。私は「私も仕事で中之島公会堂に行くんです」とLINEを送りました。すると、「もうすぐ『蘇州夜曲』が始まりますよ」と返ってきたのです。私は糸でたぐり寄せられるかのように、李さんのコンサートに当日券で入っていました。

初めて聞く李さんの歌はのびやかで声に艶があって優しい歌い方で、レトロな会場にぴったりでした。素晴らしい歌声で、それが李さんとつながったできごとでした。

李広宏さんは中国蘇州の出身の歌手の方で、翻訳家で作詞もされている方です。日本の歌の中国語訳を数多く手がけ、新井満先生の『千の風になって』の中国語版を完成されています。

李さんが中国語訳した『蘇州夜曲』がサントリーの烏龍茶CMに起用されたのは有名な話です。

阪神大震災を経験した李さんは四川大地震の時、『千の風になって』を携えいち早く駆けつけ、中国の人々に生きる勇気を与え心の癒しとなったそうです。四川に学校を建てたり義足の少女を日本に招いて義足をつくってあげたり、また東日本大震災や熊本地震の時には全国を回りチャリティーコンサートをされている素晴らしい方です。そんな方とつながって、いっちゃんにご興味を持っていただいてほんとうに信じられないできごとでした。

コンサート開催へむけてＳＮＳで発信

そして年明けの二〇一八年一月五日に、私の自宅で新年会をかねて、プロジェクトＳのメンバーと李さん、アクロス青木館長、ネイリストの平松一美ちゃん、カメラマンのＷＡＹさんが集まることになりました。

この時の気持ちは、この先ずっと忘れることはないと思います。

なぜなら、私は毎年十一月頃からなんとなくイヤーな気分になって、十二月にはどうしようもなくなるのでした。忙しくしていると忘れることもありますが、十二月二十五日にはいつも思い出すのです。食事のマナーにとてもうるさいいっちゃんが目の前のクリスマスメニューの料理を子どものように食べた姿や、一緒に仕事先を回ったこと、心配で心配で心細くて泣きそうになった時間、どうしてあんなことになったのかという悔しい気持ちなどが波のように押し寄せてきて心がザワザワします。なんか嫌な気持ちがすると思ってカレンダーを見たら、いっちゃんが倒れた十二月二十八日だったり。なかなかそこから卒業できない私がいました。

新年会での様子

でも、その年の年末はザワザワする気持ちを忘れていました。それどころか次から次にワクワクして嬉しくて、これから起こることを想像するだけでニマニマしてしまうのです。いっちゃんのために、この家に人が集まってくる。そのことが嬉しくて嬉しくて!!

新年会では、皆が顔を合わせてＣＤ制作のことやコンサートのことについて話しながら、食べて飲んでほんとうに楽しい集まりでした。いっちゃんが普通に元気なら、日常的な一コマかもしれませんが、この家にいっちゃんのお客様をお招きできたことが私にとってはミラクルなできごとでした。

そして、プロジェクトＳの活動はひとつひとつのミラクルなできごとが活動のパワーとなって、どんどんと突き進んでいきました。いっちゃんと李さんとのジョイントコンサートを開くという話が出た時、障がい者のコンサートなんてできないという発想は微塵もありませんでした。私の頭のなかには、どうやったら上手くいくか、どうせやるならアクロスのホールを多くの人で埋め尽くしたいという思いでいっぱいでした。

そこで思いついたのが、Ｆａｃｅｂｏｏｋでの拡散です。まずは白井伊三雄という人を知ってもらおうと思いました。早速、イベントページをつくり、プロジェクトSのことを宣伝し始めました。パソコンとかSNSとかについて全然うとい私です。でもいっちゃんのことを知ってもらうには、私にできることはこれしかないと腹を括りました。

幸い、平松一美ちゃんがSNSについてよく知っている人でしたので、いろいろと細かく教えてもらいました。その時の一美ちゃんの言葉で忘れられないものがあります。

「京子さん、最初は三十人ぐらいにしか見られないけれど続けていきましょうね。そのうち三千人ぐらいに見てもらえるようになりますよ」

一美ちゃんはその数字に何か根拠があったのかは聞いていませんが、「三千人?」とびっくりしました。

ネイリストの一美ちゃんとはもう何年ぐらいのお付き合いでしょうか。頭がよくてサバサバしていて、平凡単純な私とは全然違う人です。プロジェクトSの活動において、一美ちゃんは私の心の安定剤的な存在でした。年下なんですが、お姉さん的な発想の持ち主でずいぶんと助けてもらいました。だから、一美ちゃんの三千人発言に私はそうなんやと納得したわけです。

三十人から、三千人へ。それだけの人に見てもらい、そしてコンサートに一人でも多くの方に来てもらうにはどうしたらいいのか?「内容が大切やんなぁ」と考えました。白井伊三雄という人を知ってもらおう。どこで生まれ、どんなふうに育ち、結婚してどんなお父さんだったのか。なぜ病気になり、どんなふうに現在に至ったのか。障がい者になったいっちゃんがなぜ口笛を吹くのか。Sのメンバーとはどういう人たちなのか。そんなことを頭において、Ｆａｃｅｂｏｏｋの原稿を書いてみました。気をつけたことは、苦しいとかしんどいということをストレートに書かず、苦労話にならないようにということです。いや、その時の気持ちがワクワクしていたので、自然とそんな文章になりました。書いている本人もくすっと笑うような気持ちです。表題もつけて写真も必ず載せ、コンサート開催日の前に終わるようにちょっと狙いました。

高次脳機能障がいの症状は細かく書いても伝わらないと思いました。これは一緒に暮らしてみなければなかなか伝わりません。だから、日々の生活の一場面を写真で伝えようと思いました。

Ｆａｃｅｂｏｏｋの反響は少しずつ増えてきて手応えがありました。

レコーディングできるの？

コンサートの日にちが二〇一八年三月十一日と決まって広報もどんどんと始めたので、本家本元のＣＤのレコーディングを行いちゃんといいものを世のなかに出さなければなりません。リーダーの三宅さんがいつも「ママさんが一番やりたかったことは何ですか？」と聞いてくれて、目標を見失わずに済みました。

この活動の軸は何か、私は何が一番やりたいのかを頭において、迷ったら原点に戻りました。

レコーディングは二回で、それで録音を完成させなければ三月十一日までにCDをつくることはできません。

まずは、いっちゃんの体調管理に努めました。ちょうどインフルエンザが猛威をふるっている時期でした。もし、いっちゃんがインフルエンザに罹ったらいろいろな機能が一気に下がり復活までに二、三ヵ月かかると思ったので、細心の注意を払いました。

おかげでいっちゃんは体調が狂うこともなく、一回目のレコーディングを迎えることになりました。しかし、高次脳機能障がいのいっちゃん、大好きなメンバーが集まり、しかも場所は口笛コンサートがあったDIC21ということで嬉しくて嬉しくて、口笛どころではありません。マイクをむけても歌ってしまう。もうやけくそで、カラオケ大会やキャッチボール大会を始めてしまいました。この文章を書きながら今頃気づいたのですが、そんな状況になったら以前の私なら主人が思うような行動ができないことに申し訳なさ過ぎて焦って、その場の雰囲気も緊張して悪いものになっていたでしょう。でも五時間もの間、目的の録音ができなくても誰一人それに違和感を抱く人はいなくて、むしろその時間を一緒に楽しんでくれました。リーダーの三宅さんが緊張しないで楽しみましょう!といってくれました。

一時から始めて一曲も吹かず、夕方の五時になりました。気分転換にコンサート会場を見に、全員でアクロスへむかいました。「もう、今日は吹かへんな、あかんな」と思うなか、いっちゃんがホールの舞台に立ち、三宅さんが指揮をしたら、まぁ、びっくり。指揮にあわせて上手に口笛が吹けたのです‼　いっちゃん、形から入るタイプ？　とにかく舞台に立ち、そしてギャラリーの前でそれは上手に吹くことができました。スイッチが入った今や‼

それからすぐにＤＩＣ21に戻り口笛の録音開始、その日は二曲を録音できました。

そして、二回目のレコーディングの日を迎えました。やはり高次脳機能障がいだし、楽譜も読めないし、曲に入るところのタイミング、最初の吹き出す音の強さなどについていろいろと難航はしましたが、Ｓのメンバー誰一人としてできないという発想はなく、できると決めていっちゃんを信じました。いっちゃんも皆を信じた結果、すべての曲を録音することができました。ほんとうに貴重な体験、そして障がい者になってから初めて普通の人いわゆる健常者の方と何かをする、まさしくプロジェクトが遂行できた記念の日となりました。

私は介護に仕事にと明け暮れる日々のなか、この活動が心から楽しかったです。

やったことのない、Ｆａｃｅｂｏｏｋで家庭の事情を発信することも、メンバーでのｚｏｏｍミーティングも、苦手なパソコンも毎日毎日が非日常でした。その非日常に心の底からワクワクして楽し過ぎました。たとえるなら白黒の色のない世界が、少しずつ色が重ねられとてもカラフルな世界へと変わっていく感じです。プロジェクトＳのメンバーが私の生活に彩

レコーディング風景

りをプレゼントしてくれました。

CDが！　CDが！　できた!!

完成したCD。タイトルは、『present プレゼント』

レコーディングが済んだら次はジャケットです。

　CDのジャケットにはとてもこだわりました。これを見たら、高次脳機能障がいのことが少しでも知ってもらえるよう、そしてお世話になった人たちにこのCDを渡した時に「あぁ、伊三雄ちゃん、生きてるねんな、がんばってるねんな」と思っていただけるようにいっちゃんの写真を載せました。

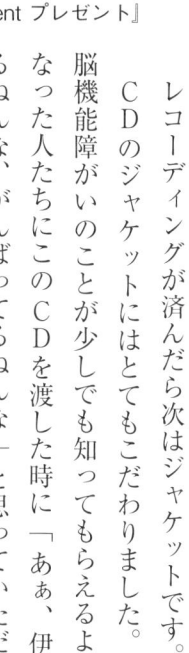

　そして、これは白井伊三雄の口笛のCDだけれども、白井伊三雄だけのものではない。プロジェクトSの一人ひとりの思いがいっぱいつまったCDだということをわかってもらえるように、一字一句にとてもこだわりました。

　納谷クリニックの納谷先生にお願いして、「白井さんの口笛演奏会に寄せる」という文章を書いていただきました。それを読んでいただいたら高次脳機能障がいということもわかります。また、デイサービスで書いたいっちゃんのお習字も入れました。このお習字は障がいを持ってから始めたことです。いっちゃんの習字は評判がよくて、家にはＩＳＡＯ ギャラリーがあります。そのなかから二枚を選びました。

ＣＤ盤に印刷されてある、自転車に乗っているいっちゃんは私が近所で撮影しました。実は高次脳機能障がいの家族会でお知り合いになったスタイリストの中林布欣子さんに相談したら、どんなお洒落な服を着てもやらされた感があるから普段通りがいいよとアドバイスをもらいました。中林さんはいつもとってもかっこいい頼りになる存在で、ご主人はミュージシャンでいらして、高次脳機能障がいの夫を持つ妻の会で仲良くさせていただいた数少ない心を許せるお友達です。中林さんのアドバイスにそれもそうだと納得したので、どれも普段着ている服で撮影しました。ただ、帽子だけはかぶり馴れていないととってつけたものになるからね、とアドバイスをもらったので、毎日いろんな帽子をかぶって出かけました。その帽子が案外、トレードマークのようになった気もします。

それぞれのアイデアを口笛奏者仲間である渡木印刷の渡木誠さんに託して、私たちのイメージ通りのジャケットに仕上がりました。

自宅に飾られた、習字の作品

こうやってできあがったＣＤは簡単にできたわけじゃなかったので、三月三日にＣＤが完成して自宅に送られた時はそれはそれは感動しました。遼平が荷物を受け取ってくれて、それがＣＤだとわかって箱を開ける時、ほんとうに震えました。いっちゃんが手にとってみて自分のＣＤだとわかった時、フィルムのテープも上手く開けられないぐらい感動して顔がくしゃくしゃになりました。

重度の高次脳機能障がいなのに、ＣＤが、ＣＤが、いちゃんのＣＤができた!!

私の夢が叶った!!

私はプロジェクトＳのメンバーに号泣しながら電話をかけていました。

［Ｆａｃｅｂｏｏｋの記事より］（原文のママ）

口笛で紡ぐ糸 ～今を生きる～プロジェクトＳ

２０１８年２月10日

口笛は、いつのまにか、

吹いているものだと思っていた。
かなり、いいかげんな音程で、
記憶の縁を歩くように、
メロディを奏でるものだと思っていた。
口笛とは、言葉にならない
独り言だと思っていた。
ところが口笛太郎ＤｕｏのＣＤを聴いて、
それが間違いだと気付いた。
口笛は、大切な誰かに聴かせるものだ。
（口笛太郎ＤＵＯのホームページより抜粋）
関西では「よーいどん」という番組で
10年以上口笛が流れている
口笛太郎さんの口笛を聴いて
「川の流れのように」という
美空ひばりさんの歌を作詞された秋元康先生が
口笛太郎さんの口笛について
そんな紹介をしていて

口笛のことをうまく説明しているな
と感じたことがありました。
デジタル紙芝居と口笛のコンサートで
（ポラリス口笛コンサート）
急きょ飛び入りで観客の前で
演奏することになった白井伊三雄さん
の口笛を初めて聴いた時
ちょうど奥さんの京子さんの誕生日
ということもあり
上の秋元康先生の言葉が思い浮かんだ。
病気のことも、なにも知らなかったのですが
言葉が上手く喋れなくても
一生懸命口笛を吹こうとしている姿をみて
口笛は技術や正確な音程も
もちろん大事ではありますが
そんなことは実は
どうでもいいんじゃないかな

と思えるような演奏でした。
そして奥さんの愛情みたいなものを感じて
口笛を吹く事によって
大切な人が喜んでいる・・・
そのことが一番大事なことなんだ
ということを目の当たりにしました。
口笛はまず
生きていなければ吹くことができない。
呼吸をしているということが大前提です。
同じ音を息を吹いても吸っても
鳴らすことができる数少ない
楽器の一つでもあります。
風呂にも持っていける楽器
自転車に乗りながら演奏できる楽器
もそうはないと思います。
何気ない楽器ですが
元気であること

生きている素晴らしさを
伝えることができる楽器
白井伊三雄さんのＣＤが先日完成しましたが
その音源を聴いて号泣している
京子さんの声を聞いて
もらい泣きをしてしまいました。
このＣＤが完成するまでには
沢山の偶然がありました。
人間なんて価値観も色々ありますし
私の側から見える世界は狭いものなので
ひとつひとつを
説明することはできませんが・・・・・
ひとつひとつが
沢山のひとのつながりがあって
出来たＣＤだと思っています。
このＣＤは　人の心を
幸せな気持ちにする力があるのかもしれません。

決して　プロが演奏するような
口笛ではありませんが
だれでも持っている楽器で
誰かのために一生懸命演奏している口笛です。
私は　そんな口笛の演奏が好きです。
そして　伊三雄さんの口笛を聴いて
元気が出たという方がいたら
この上なく嬉しく思います。
口笛を演奏する側から見たら
結局は目の前のひとが
喜んでもらえるのが一番じゃない??
白井家のみなさんは
そんな暖かい家族だなと思っています。
私もぼちぼちと
口笛を吹いていきたいと思っています。

白井　伊三雄さんのＣＤを聴いて
山鳥　剛

すごい！　三千四百十五人

コンサートが近づいてきて、あいかわらずＦａｃｅｂｏｏｋの閲覧数は伸びていました。コメントもたくさん入ってきて嬉しかったです。コンサートのチケットも即完売。席数を大幅に増やしてもらう対応をお願いしました。それでもすぐ完売！

こうやってＦａｃｅｂｏｏｋで拡散して気づいたことがありました。

最初はいっちゃんと同じ高次脳機能障がいをお持ちの方が少しでも元気になって、夢を語ってくれたらいいなぁと思っていました。でも、フタを開けてみると、障がい者の方ばかりではなく、元気な方からの反響がすごかったのです。「いっちゃんを見ていたら元気をもらう」「少しぐらい嫌なことがあっても、また明日からがんばろうと思う」「京子さんおとぼけすぎやけどなんかまっいいかと思えるわ」などのメッセージやコメントをたくさんいただいて私はとても意外でした。障がい者も健常者もないのです。人は一人ずつ、いろいろと違うけれど、懸命に今を生きる姿が大切なんですね。また、ひとつ、いっちゃんから学んだことでした。

そして三月八日、閲覧数が二千七百人の時点で、目標の三千人にするために私はＦａｃｅｂｏｏｋを見てくださっている一人ひとりに「ちょっと、これを見て見てとお友だちや職場の同僚などに私たちの活動を伝えてください」とお願いをしました。そうすれば、きっと夢の三千人になるはずです。人に頼むことなんてできなかった私は、この活動によって不特定多数の皆さんにお願いすることができたのです。

二千七百人の方が見てくださっているだけでも嬉しい。でもなぜか目標は三千。じゃあその数字にこだわろう。以前の私なら無理！無理！とやる前からできない理由を探していたかもしれません。でも数字にこだわること。どうやったらできるかを考えました。

そして、三月十一日、感動のコンサート当日に、私たちプロジェクトSは三千四百十五人という数字を見ることができたのです。

サプライズ、サプライズ、サプライズのコンサート

私は、コンサートでプロジェクトSのメンバーと皆に動画をサプライズでプレゼントするという計画を思いつきました。Sのメンバーがいなかったらコンサートの日を迎えられなかったので、感謝を込めてサプライズをしたいと思いました。このことを知っているのは、動画をつくってくれたＷＡＹさんと遼平と私の三人だけです。ＷＡＹさんはカメラマンで、遼平のツイッターを読んで、Ｓの活動に参加したいといってくれた方です。撮影はドローンを使って生駒の山のなかや河内磐船で撮りました。それをＷＡＹさんがこだわってこだわってとても素晴ら

しい動画に仕上げてくれました。この十一分の動画には、いっちゃんや私たちがどんな家族であるか、高次脳機能障がいのいっちゃんがどう暮らしているのか、プロジェクトSの仲間といっちゃんにはどんな心の結びつきがあるのか、失ったものは多いけど一歩一歩今を生きるいっちゃんのすべてがつまっています。これをコンサートのなかでSのメンバーにサプライズプレゼントしようというわけです。

そして三月十一日、コンサート当日。

WAYさん、いっちゃん、遼平、私以外の全員はほんとうに本番で初めて目にしてもらった動画でした。涙なくしては見ることができず、会場全員が泣いていました。でもシクシク泣くといった涙ではなく、「さぁ、がんばろう」と思える感動の涙でした。

そして次の素晴らしいサプライズはリハビリを担当してくれたあの勝谷先生が駆けつけてくださったことです。そしてコンサートの始まりのスピーチをしてくださいました。当時ボロボロだった私たちはこんな形で勝谷先生と再会できるなど想像もできませんでした。これは夢？夢じゃないよね？　勝谷先生は最後に「伊三雄さん、今度ステージで一緒に演奏しましょう」といってくださいました。

それが二〇一九年十月十四日の関西まるっと文化祭で実現します。当時ギターで『蘇州夜曲』を弾いてくださった那須先生も一緒です。すごくないですか？　夢は口に出したらかなうのですね！

もうひとつ、サプライズがありました。それは、オカリナの友情出演です。私の知り合いの善入敦子さんが当時オカリナを習い始めた話を聞いて、コンサートにぜひ花を添えてと頼み込みました。最初、舞台に出たことがないからと断られましたが、それでもしつこくお願いをして演奏してもらうことになったのです。しかも善入さんだけではなく善入さんのお友達の山下浩子さんと、お二人のオカリナの先生の杉野ひとみ先生が友情出演してくださることになりました。

このオカリナがまたとてもよくて、オカリナだけでソロコンサートをしてもらいたいぐらい素晴らしい演奏でした。心揺さぶられるオカリナ。音楽って素晴らしい!!

そして最後のサプライズは、私から息子、遼平にあてた手紙でした。書くのは絶対嫌と私はいいましたが、三宅さんが「ママさん、これはとても大事なことだから、手紙を書いてください」と半ば強制的でした。

当時、遼平は会計士を目指して勉強中の身でした。一回目の試験に合格して次の試験勉強に取り組まなければいけない状況で、自分からプロジェクトSの活動に参加したいといってきたのです。私が頼りないことも理由のひとつですが、Sのメンバーが自分の父親のために一生懸命ボランティアをやってくれ、しかもその活動が楽しいといってくれているのを目の当たりにして、自分も仲間に入りたいと申し出てくれました。そして気づけば、プチリーダーのようにがんばってくれていました。

彼のツイッターでのつぶやきは皆さんに響いたようで、閲覧数がいっきに上がりました。

「障がいを持ってなかなか前を向けない人に
この活動が届いてほしい。
父は要介護5です。高次脳機能障害も重度です。
街を歩くとジロジロ見られます。
でも、この口笛の活動を通して、町中で
『あっ、口笛の人や!』と言われるようになって欲しい。
それが父の社会復帰の一つのかたちになったらいいなぁ」

これを読んだ時、自分の父親、しかもいつもきちっとしていた父がある日突然、障がい者となり、生きていかなければならない現実を、息子は息子の視点で見つめ、悩み、受け入れるまでの思いというのが想像できました。しかも父親が障がい者になったことでさまざまな苦労を経験したため、明るく笑ってばかりだった母親までが壊れていく姿をそばで見て、支え続けた息子の思いを想像すると何ともいえない気持ちになりました。それは佑香に対しても同じです。表舞台には出てきませんが、家族のなかで佑香が一番いっちゃんのことを思っています。

遼平はSの活動から、机の上の勉強では学べない多くのものを学べたと思います。それは、生きていくうえで一番大切な愛というものだったのではないでしょうか。

コンサートでの手紙はとても照れくさくてできるならそっと渡したかったのですが、皆の前で読むことになりました。そうしたら、舞台に一緒に立っているいっちゃんが隣で号泣してい

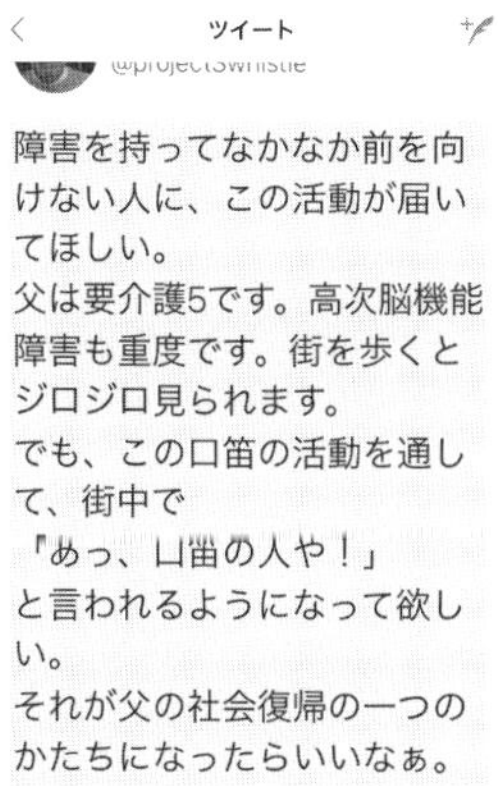

遼平のツイッター

るではありませんか。

「わかるんやね、いっちゃん」

「やっぱり、いっちゃんは遼平と佑香の自慢のパパやね」

私は心のなかでそう何回も繰り返しながら、手紙を読みました。

李さんが自分が歌う時にいっちゃんにマイクをむけて歌わせてくれ、「今日は伊三雄さんが主役です。彼を応援してあげて」といってくれたこともサプライズでした。

そして、いっちゃんが舞台で口笛ではなく、歌ったこともサプライズです。いっちゃんは嬉しくて嬉しくて心が震えて、歌えたのです。会場の方々の応援に号泣していました。

ほんとうにほんとうに素晴らしいコンサートとなりました。

今後のいっちゃんと私たち

あの感動のコンサートから、一年半が過ぎようとしています。

遼平（左から2番目）が持つマイクにむかって口笛を吹く、いっちゃん。コンサートにて

今では、「あっ、口笛のいっちゃんや」とお声をかけていただくこともしばしば。住道駅前で開催される大東ズンチャッチャ夜市に出かけたら、あちらこちらから「いっちゃ〜〜〜ん」とお声がかかります。地元で開かれるてくてくマルシェでは二年連続でステージに出させていただいています。これってすごくないですか。

ただ、私を励まそうと『知床旅情』を吹いた時のように、今では自由自在に口笛を吹くことは少なくなりました。でも、大東市で始めた口笛カフェというサークルでは、口笛を吹いてくれます。また、大東市で開かれるわくわく口笛コンサートやポラリスのコンサートには必ず出かけます。「いっちゃん、口笛カフェ行く?」と聞くと「うん」と元気よく返事が返ってきます。いっちゃんは今まで知り合うことのなかった全国の口笛奏者の方とお友達です。

多々ご迷惑をかけることもありますが、皆さんがいっちゃんの障がいについて知ってくださり、理解してくれ、温かい目で応援してくださるので、家にじっと引きこもる生活とはさよならでき、毎週急がしく動き回っています。一緒に行ける場所があるって楽しいですね。

そして、これは、コンサートの後の秋祭りのできごとです。

いつもは秋祭りの時期は少し淋しい気持ちになっていました。いっちゃんは元気な頃はだんじりを引いていたのに……。そう、私は過去の想い出に生きていたのです。

でも、この前の祭りでは思い切って、家の前をだんじりが通る時にいっちゃんと玄関まで出ていったのです。そうしたら、地元の幼馴染みの方々が「伊三雄ちゃん」「伊三雄兄ちゃん」と声をかけてくださったのです。いっちゃんは喜んで喜んで、結局は地元の太子田神社までだんじりの後をついて歩きました。

その時、幼馴染みの一人の方が

「これは喜んでいるのか？ こんなに歩いても大丈夫なんか？」

と聞いてこられました。私は

「そうなんです。とても喜んでいます。歩くことも大丈夫です」

と答えました。

「そうか、そしたらまた誘うわな」といってくれ、いっちゃんにも「伊三雄ちゃん、また出てこいな!!」

とお声をかけてくれました。

私はその時初めて、重度障がい者になってしまったいっちゃんに周りの人もどう接していいのかわからないことに気づきました。病気のことや障がいのことをもっと知ってもらえたら、すんなりと地域に溶け込むことができるのではないかと思いました。これはすごく大切なことです。もし、いっちゃんが何かの拍子に外に出て一人で歩いていても、気づいてくれるご近所

久しぶりのだんじりに喜ぶ、いっちゃん

さんがいたら安心です。こんな簡単なことに気づかず、今まで自分で殻をつくって閉じこもっていたのですから。この時のできごとが点となってまた、私の頭のなかに閃いたものがありました。そうか、もっともっと地域の人に知ってもらおう、と。

あと変わったことは、年賀状です。

結婚してからずっと欠かさず家族写真を載せた年賀状を送り続けていましたが、いっちゃんが病気で倒れてからは年賀状を出すことすらできずにいました。でも、去年と今年は家族の写真入りの年賀状でご挨拶できるようになりました。

私もほんとうに変わりました。

メソメソと泣いて過去にばかり生きていた私が、現在はいっちゃんと一緒に今を生きている。そして、未来を夢見ている。

納谷先生の言葉はほんとうでした。

「白井さん、五年経ったら少しましになる。十年経ったらだいぶましになる」

それにはプロジェクトSの活動があったから、こんな気持ちになれたことは間違いありません。

李さんとのジョイントコンサートが終わってから、いろいろなところに呼ばれるようになりましたが、そのたびに私は「いっちゃん、ちゃんと口笛を吹いてな」と心のなかで思っていました。心のなかだけでなく、プレッシャーもかけていました。吹けなかったら皆さんに申し訳がないと思っていましたし、「えーっ、なんで歌なん？　口笛を吹いてや」などと思っていました。

でも、今は少し違うのです。

そもそも、ここにこうして立っていることが素晴らしいし、口笛が上手に吹けなくても歌うことができるなんてミラクルなんだと思えるようになりました。たとえ口笛や歌が上手にできなくても、生きていて笑ってくれている、それがすごいことなんだというふうに思え、肩の力が軽くなりました。もしステージで口笛が吹けなくてもごめんなさいと思えるし、その時は口笛奏者の仲間がかわりに吹いて助けてくれるでしょう。そう思えるようになりました。

いっちゃんの脳の機能が目覚ましく回復していろいろなことができるようになるということは、残念ながら今のところありません。あいかわらず、私を叩いたり噛んだりするし、帽子のかわりに隣にあったウクレレを頭にかぶったりします。少し油断したら、焼こうと置いておいた生の肉を食べようとしたりして、片時も目が離せないことに変わりはありません。

でも、Ｓのメンバーが家にきてくれた時や、地域の方が「いっちゃん」と声をかけてくれた時に見せるいっちゃんのあの顔が私は好きです。脳と心がつながった瞬間に、幸せそうな顔をするんです。それを見るために、私は毎日を過ごしているのです。

第五章　メッセージ

これからの夢

夢はいっぱいあります。私の頭のなかは夢だらけです。今の制度では質のよいリハビリを続けることは難しいです。でも、地域に帰ってどんどんできなくなると嘆いていた時代は終わりました。

つくろう。

いっちゃんのような、志半ばで人生の途中から、障がい者となってしまった人の行き場所を。それは誰もが行きたくなるところ。障がいがあるとかないとか関係なく、大人も子どももおっちゃんもおばちゃんもおじいちゃんもおばあちゃんも行ける場所!!　生まれ育った地元で安心して行ける場所。

そう考えるのも、リハビリとは机の上でドリルをしたり運動器具を使って運動したりすることだけではないことがプロジェクトＳの活動でわかったからです（もちろん、それもとても大切なことなのだけれど）。

私がつくろうとしている場所は、地域の人が「伊三雄ちゃん、昨日阪神勝ったなぁ」「今日はズンチャッチャ夜市やから、美味しいビールを飲みに行こ」などという会話のなかで皆が笑顔になれるところなのです。私はごはん当番で、皆と一緒に美味しいごはんをつくります。そこには不登校の子が来たりして、おじいちゃんに将棋を誘われてやっていたり、おばあちゃんに手芸を教えてもらったり……。そのうち野菜づくりなんかも始まって、私はその新鮮野菜でまた美味しいごはんをいっぱいつくる。

赤ちゃん連れのママたちがランチにきてくれて、おばあちゃんが赤ちゃんをあやしたり面倒をちょっと見てくれたりして、そのうち育児の悩み相談タイムなどになる。

横ではいっちゃんが口笛を吹いていたり、Ｓのメンバーで口笛ライブをやったりする、そういうのは楽しくないですか？　それぞれができることをあちこちで始めて、皆が集まり人が人を助ける。

人と人とのつながりが笑顔を生む、おせっかいだけどあったかい、そんな場所を、私はつくりたいと思っています。

伝えたいこと①

いっちゃんの生命は、皆が全力で救ってくれたからこそ今、ここにこうして継続できています。でも、いっちゃんが一番、生きたい、生きなければと力を振り絞って死の淵から這い上がってきてくれたからだと、私はいっちゃんを心底リスペクトしています。

頭のなかでおかしなことが起こって、おかしい、おかしいと思いながらそれを伝えることができなくなっていった時、どんな気持ちだっただろう。怖かったのではないでしょうか。精神科などといった見当違いの病院に入院した時、違う、違う、助けてくれと叫びたかったでしょう。そして、最後の力を振り絞り、助けてくれと阪大病院の教授の白衣を掴んだいっちゃんを心の底から尊敬します。

倒れる前の体調が優れない時、「仕事を休んだら？」とか「代理店になって仕事を縮小したら？」などと私が提案したことが何度もあります。でも、その時のいっちゃんの口癖は「遼君も受験やし、佑香がまだ小さいからがんばらなあかんのや」でした。いっちゃんは必死に家族を守ろうとし生きる力を振り絞ってくれたのだと、私はそう思っています。

今も、何もできなくなってプライドもずたずたになりながらもがんばってくれているのは、私たちのことを守ろうとしてくれているからだと思っています。

伝えたいこと②

いっちゃんが倒れて必死で看病し、命をつないでくれてほっとし、そしてリハビリが行なわれました。次から次へと経験したこともないことばかりでした。前にも書きましたが、自分が主導権を握ることなく、いっちゃんが広げる傘のなかでぬくぬくと過ごしてきた私にとって、いろいろなことを決めていく作業はとても大変でした。ほんとうにこちらを選んで間違いがないかと、つねに不安で誰かに相談したいと思いました。

そんな頃、私を励まそうと友人たちがランチに誘ってくれたのです。いろいろと大変な話も聞いてくれて、仲のいい友人たちとのランチは現実を忘れさせてくれるできごとのひとつになるはずでした。でも会話の内容が違い過ぎたのです。

その時、私の心の持ち方では

「あっ、私にはついていけない会話だ」

と思ってしまいました。

そして、高次脳機能障がいについてわかってもらおうと一生懸命説明をしても

「そんなんあるある。うちの夫もよう忘れるで」

と返ってくるのです。その言葉に「わかってもらうのは無理やなぁ」と話すのをやめた記憶があります。

あと、私はよく「がんばってな」とか「しっかり見たってな」とかいわれました。そのたびに心にドーンと重いものがのしかかってきて「がんばってるし」と思っていました。

家族会や同じような障がいをもつ集まりの場所で悩みをいうと、「あなたはいいわよ。うちなんて……」「子どもさんがいるからいいわよ」などといわれることがあって、やっぱり私はいわなくなってしまいました。

今は違う心持ちですが、発症当時や、病院から自宅に帰ってきて高次脳機能障がいのいっちゃんと暮らし始めた時、あるいはやったことのないことが次々と押し寄せて、どうしたらいいのと思っていた時に、答えはいらないのかなぁと思います。

もし、あなたが私のような人の話を聞くことがあったら、黙って話を聞いてあげるだけでいいです。それだけで、その人は救われるのではないでしょうか。聞いたこともない障がいを負ってしまったのだから、その人がなんとかしようと必死になるのは当然のことです。私も十二年たった今でも「あーっ、肩に力が入っている」と思うことがあります。だから、私はあえて話は聞くだけにして「自分を大切にしてください」とお伝えしています。その人が自分自身を「一番」にできないことはわかっていても、そうお伝えしているのです。

私の願うこと①

私は「がんばっている」や「介護」という言葉も、「障がい者」という言葉も大嫌いです。もっというなら、「当事者」「当事者の家族」も嫌いです。「障がいの日」なんていって一年に一日のみの日にち設定なんて、いつも「えっ」と思います。

いっちゃんは確かに「障がい者」になってしまったけれど、私にとっては白井伊三雄であることには変わりないし、私は白井京子で、「当事者の家族」という呼ばれ方は好きではありません。それに、毎日、高次脳機能障がいの夫との暮らしが続いているわけで、一年に一回のアニバーサリーでもサプライズでもないのです。

いっちゃんの高次脳機能障がいについて、すごくがんばって皆にわかってもらおうとしなくてもいい世のなかになること。それが私の願いです。

「あぁ、高次脳機能障がい、知ってるよ。ちょっと不自由があるかもしれないけど大丈夫やで。気にせんと出ておいで」

といってもらえる世のなかになってほしいと願います。本屋の棚に高次脳機能障がいのコーナーができて、いろんな人が高次脳機能障がいについて知ることができるような世のなか。「高次脳機能障がい、あぁ、私に任せて。大丈夫、よく知ってるから」といって手伝ってくれるヘルパーさんやセラピストさん、ケアマネージャーさんがいてくれることを望みます。「奥さん、大丈夫よ。一緒にサポートするから」といってもらえたら嬉しい。私が一人でしようとしていることを少しずつわけて持ってくれたら、心が軽くなるのになぁと思います。

病気や障がいがあるけれど特別なこととして身構えないで、「大丈夫」と一言いって寄り添ってもらえる、そんな世のなかになってほしいです。

私の願うこと②

以前、私の友だちが家にたずねてきてくれ、いっちゃんに久しぶりに再会しました。その時、友だちは赤ちゃんにするように両手を広げ、「バァー」としたのです。悪気はまったくありません。どう接したらよいのかわからなかったのだと思います。いっちゃんは赤ちゃんみたいな一面があるけれど、赤ちゃんではなく、ちゃんとわかってもいると伝えたかったのですが、友だちに悪気はないことが十分わかっているのでいえませんでした。

最近、お知り合いになった方に「主人が重度障がい者です」といったとたんに、「マイナス思考にならないでね。前向きに明るくね」とおっしゃいました。私は今はマイナス思考になるつもりも暗く落ち込んでいるわけでもありません。そもそもマイナス思考になっても不思議じゃないぐらいのことが人生の途中で起きているのです。そしてどうしようと暗く落ち込むのも自分、明るく前向きに向き合うのも自分、すべては必要なことではないでしょうか。無理に明るくもなれないし、泣いてばかりでもいられない。

ありがたくその方の話を聞き流し、障がい者だから不幸とか大変だとか決めないでほしいなぁと思います。いっちゃんとの生活は大変といえば大変だけど、でも毎晩飲んだくれて帰ってこないとか、浮気ばかりするとか、暴力をふるうとかそんな恐ろしいことではないんです。だから、障がい者が家族にいるというだけで、同情したり不幸と決めつけるのはやめてほしいのです。

メッセージ

いっちゃんへ

生きていてくれてありがとう。

どんな障がい者になっても、いっちゃん、私は心の底からいっちゃんをリスペクトしています。

自分のいいたいこと、伝えたいことが記憶に残らなくて、いつもどんなに残念な思いをしているでしょう。

いっちゃんの悔しい思いは私には計り知れません。その残念な気持ちや悲しかったり悔しかったり辛かったりする気持ちが記憶に残らない、それは絶対神様からのプレゼントだね。

もしいろんなことが記憶に残ってたら、いっちゃんはきっともっと苦しむだろうから絶対神様からのプレゼントだと私はいつも思ってるよ。見当違いの病院に入院させられても、全国で一人という脳の病気の症例になってから死の淵を彷徨いながらでも、教授回診の時にありったけの力を振り絞って教授の白衣を両手で掴んだいっちゃん。私はあの時のいっちゃんを絶対に忘れない。最後の最後まで生きることを諦めなかったいっちゃん、尊敬しているよ。

いつも口を開けば「佑香がまだ小さいからがんばらなアカンねん」。それがいっちゃんの口癖でした。ほんとうに子煩悩な家族想いのパパです。今、脳のなかはほとんど死んでしまって、こうやって生活できたり口笛が吹けたりしているのは奇跡だと思っています。ありがとう。いっちゃんとつないだこの手は絶対に離さない。

世のなかの一生懸命に働いている人へ、そして生きることを諦めたい人へ

生活するために家族を守るために働くことは大事なことだし、私も無理をしたり自分を後回しにすることがあります。でもあえて伝えたい。あなたがいなくなったら悲しむ人がいることを。

命より大切なものはない。命さえあれば必ず明日は来るから。決して怠けなさいとメッセージしているのではありません。でも皆、がんばり過ぎです。自分を大切にしてください。自分の命を大切にしてください。命より大切な仕事なんてないのです。だからこの本ではいっちゃんが倒れた様子を克明に正直に書きました。これは私からのメッセージです。

最愛の二人の子どもたちへ

大好きなパパが突然病気になってどんなに辛かったか。パパのことで必死になるママを傍で見ていて、あなたたちは何度も自分の身の上に起きていることを恨んだことでしょう。ほんとうは親にいっぱい甘えたい多感な時期に、パパがこんなことになってしまったことはきっと計り知れないぐらい辛かったことでしょう。

でも二人はパパから教えてもらうことがいっぱいあったよね。弟みたいになってしまったパパに癒されて心が和むことがいっぱいあるよね。パパは体を張ってそれをあなたたちに教えてくれているね。

この本を書くことで、やっとあなたたちのほんとうの辛さに気がついたような気がする。

二人はパパが壊れたことでママまで失ってしまったんだね。

ごめん。ほんとうにごめんね。

今、私にできることは前を向いて生きていく姿を見せること。

ママ、大人になったなぁって思ってもらえるように歩いてみるね。


ありがとう、まっすぐ育ってくれて。

ありがとう、支えてくれて。

ありがとう、夢を持ってくれて。

医療に携わる方々へ
もしあなたが医者になろうとしていたら、怖がらないで自信を持って命を助けてください。
でも、もし主人のような症状の人に出会ったら心の病気と決めつけないで。もしかして脳の病気ではないかと疑ってみてください。それで助かる命が増えたら、私たちが経験したことは無駄にはなりません。

世のなかの難しいといわれる病気を診ている先生方へ

最後の最後まで諦めないでチャレンジしてください。何か方法がないか全力で考えてください。もし主人があの時手術の道を選ばなかったら今の生活はありません。十二年も経ってこんな風に生きる道がつながることを知ってください。

リハビリやセラピストの方々へ

どんどん医療が発達して前なら助けることができなかった命が助かり、そして先生方のところに多くの患者さんが来ることでしょう。もうどうやっても改善の見込みはないと思う人もいるかもしれません。いっちゃんもそのうちの一人。でもどうか見捨てないで。私たちも命ある限り前を向いて歩いていきたい。リハビリは生きる希望です。光です。不自由になっても先生方にはその光をずっと照らし続けてほしいのです。これからもずっと……。

そして十二年経って主人のような重度な障がい者でも世のなかの人を元気にすることができるし、役に立つことがきっとあるはずです。私たちは先生たちが照らしてくれるその光を頼りに進んでいきます。これからも……。

プロジェクトSのメンバーへ

いっちゃんを障がい者としてじゃなく、いっちゃんとして接してくれてありがとう。

私の夢を叶えてくれてありがとう。

私たちを孤独病から救い出してくれてありがとう。

私たちの白黒の生活にカラフルな色をつけてくれてありがとう。

プロジェクトＳの活動が楽しいといってくれてありがとう。

みんなの奏でる口笛は幸せの鐘の音のように聞こえます。涙を拭いて笑って歩く道標です。

自分へ

ずいぶんといろいろなことがありましたね。

最初思い描いていた人生からはほど遠く、一生守られて生きていくと思っていた頃からは百八十度変わりました。予定通りにいかないから人生は面白い。

守られるだけの人生より、守るものがある人生、それもまた楽しい。

私は私を強くする数々のできごとに真摯に向き合い、これからも自分の進む道を模索して歩いて行きます。

神様がもし私に何かを教えようとしているなら、その何かがわかるまで歩き続ける。

泣き虫京子は卒業。

もう過去には生きないよ。前を向いて今を生きる。

そしてつないだ手は絶対に離さない。がんばれ、私。

あとがき

あまり、そこに意識をむけたくないと思っていますが、今年の初めとても近しく信頼していた人から
「京子さん、あなたは障がい者の活動でちやほやされ認められて気持ちいいでしょう」

「口笛、口笛って」「障がい者の世界で生きなさい」

といわれたことがありました。とても傷ついたし、正直へこんで何日もその言葉の真意を考えました。なぜ、そんなことをいわれなければいけないのか。いっちゃんの口笛の活動を理解し応援してくれている、とても身近な人からの言葉だったので、自分のなかでどう処理をしていいかわからなくなって迷路に入って出てこられないような気持ちになりました。沈みました。そしてどういう気持ちでそういったのか尋ねてみました。そのお返事にまた沈み、納得がいきませんでした。

障がい者の世界って、何?

正直、まだその言葉は消化できていませんが、毎日を生きていく上でそこにエネルギーを使うのはやめておこうと決めました。

そして、私は心のシャッターをおろしました。

でも人生とはよくしたもので、ひとつのことを手放したら、必ず次に入ってくるものが見つかります。人についても仕事についても、道は開けてきます。だから、私は今、こうして本を執筆しているわけです。人生において、「これしかない」ということはないと思います。「なるようになる」。そう思って生きています。

高次脳機能障がいは特別な障がいではないと思っています。昨日まで元気だった人が脳の病気になったり、交通事故に遭ったり、普通に歩いていて転んで頭を打ったり、熱を出したりして脳にダメージを受けることがあります。誰にでも起こり得る障がいなのです。

私は、高次脳機能障がいについて一人でも多くの方に知ってもらいたいと願います。そして、もし、あなたの周りに高次脳機能障がいで生きにくくなっている人がいたら、「大丈夫、高次脳機能障がいなんだね。私はその障がいについて知っているから、何か困ったことがあったらいってね。できることはするよ」と声をかけてあげてほしいです。

本屋に行くと高次脳機能障がいに関するコーナーはなく、いつもこう思います。全国に五十〜八十万人もいるといわれているのに、高次脳機能障がいはまだまだ知られていないなぁ、と。本屋にコーナーができるぐらい、皆に興味を持ってもらい、そして知ってもらいたいと切に願っています。

そして、高次脳機能障がいになった人だけでなく、私のような妻、夫、子どもがいることに

も気を留めてほしいです。以前、橋本圭司先生の講演を聞きに行った時のこと。その時、橋本先生は
「高次脳機能障がいの当事者はもちろんだけど、その介護家族に目をむける時にきています」

とおっしゃったのです。客席にいた私は「えっ、私？　私に目をむけてくれるの？　そんなんいいの？　私なん？」と胸がいっぱいになって、涙がこぼれ出ました。ほんとうに不用意に涙が溢れたのです。ずっと胸がつまっていて、それがスーッと溶けた気がしました。嬉しいという気持ちを通り越して、涙が出たのです。今でも書きながら、涙が出てきます。「私に目をむけてくれるの？　私のことをわかってくれるの？」という気持ちからの涙だと思います。

前述の「障がい者の世界で生きていけ」といわれた時、とてもショックで違和感を覚えました。これが、例えば「芸能界で生きなさい」とか「好きな料理の世界で生きなさい」などといわれたら、こんな気持ちになるのでしょうか。いや、なりません。なるはずがありません。

一番、障がいを受容できていないのは私なのでしょうか。その答えは模索中です。障がいを受容するということはとても難しいです。今のいっちゃんが大好きですし、がんばっているその姿は尊敬しています。この生活もとても気に入っています。ただ、もしいっちゃんが病気になっていなかったら、私たちはどんな夫婦になっていただろうと思います。いっちゃんが元気だったら、私たちの家族形態は今とは違っていたでしょうか。少なくとも「障がい者の世界で生きていけ」といわれて、深く海底の奥底に沈むような心持ちになることはなかったはずです。

少し時間はかかりましたが、海底の奥底に沈んだら海底の景色を眺めながら、ゆっくりゆっくり浮上したらいいんだという結論に至りました。障がい者にならなければ出会うことのなかった人たちは何ものにも代えがたい財産です。この財産をいただけたから、私たちが幸せであることは間違いありません。

元気だったらどんな夫婦になっていたか、少し知りたい気もしますが、絶対、今のほうが幸せだと思います。

そう、幸せは自分の心が決めるものですから。

令和元年十月　　白井　京子

息子からのメッセージ

十八歳の冬に、父が身体の上に落ちてきました。

どうやら押し入れに上ろうとして落ちてきたようです。

寝ぼけ眼で、とにかく二人ともけががなくてよかったと思ったのを覚えています。

とにかく落ち着こう、まともに判断できる人が一人必要だと思い始めたのはこの時ぐらいからです。

センター試験が終わった後、その足で父の様子を見に行きました。

たくさんのチューブにつながれた父を見た時、

「あぁ、なるほどそういう状況なのね」

と嫌に冷静で、もやっとしていた気持ちが晴れたのを覚えています。

当時はこの先何が起こるかなんて全くイメージできていなくて、ただ、人生っていろんなことが起きるもんだなぁと人ごとのように感じていました。

これが、僕の不思議な介護生活の始まりでした。


この十二年間、ほんとうにいろんなことがありましたね。

僕が忘れっぽい性格なのと、母がいつも矢面に立って僕や妹を守ってくれていたので、辛かった記憶はほとんどありません。丹波篠山に通っていた時は体力的にきつかったりれど、それだって毎回買って帰る鯖寿司が楽しみでした。

他の人が聞いたら「それはさぞかし辛かったでしょう」というようなことなんて、星の数ほどありました。でもそれは僕のなかでは、「あの時あんなこともあったなぁ」という笑い話に過ぎないのです。

大学時代の僕をよく知る後輩から、卒業の時の寄せ書きで、「白井さんの、どんなことがあっても動じない心の強さ〝だけ〟は尊敬します」と書かれていて、こいつめと思いながらとても嬉しかったのを思い出します。ほんとうに強くなることができたと感謝しています。

この十二年間で、一番よかった、安心したと思っていることは、最初は後ろしか見ていなかった母がだんだんと前を向いてくれていることです。母は本編ではおどけて書いていますが、最初の頃なんかほんとうに身も心も小さくなってしまっていて、「こんなことがなかったら」「あの時ああしておけば」「何で誰も助けてくれへんの」と、そんなことばかりいっていたように思います。家から一歩も出ない日もたくさんありました。

僕は、父との介護生活が始まってから、父の世話というよりは、消耗する母をいかにサポートするかばかり考えていました。時に限界を超えて父の介護をする母は、見ていて痛ましく、いつ家族が崩壊してもおかしくないなと何度も思っていました。

「皆でわけようよ」

という発言は、持続可能な介護でなければいつか終わりが来るよ、介護とリハビリへの義務感から少しでも楽になってほしいという、母への思いから出た言葉でした。

それが今では、おとぼけはあいかわらず多いけれど、活発に外の人と交流したり、口笛奏者「いっちゃん」を連れて口笛の活動や講演に出かけるようになったり、地域の小学校で授業をしたり、口笛のＣＤをつくってコンサートまでやってのけてしまうのです。思いで人を巻き込む力の強さもさることながら、よくここまで回復したな、きっと十二年間で心臓が毛で覆われてしまったのではないかと思うぐらい図太くなって帰ってきたなと半分呆れながら、安心して見ていることができるようになりました。

「お涙頂戴の苦労本ではなくて、読んだ人を元気にできる本にしたい」

そう力強くいう母を見て、ほんとうに強くなったなぁととても頼もしく思っています。

ここ二年の活動は、僕にとってもとても大きな転機でした。

二〇一七年十一月五日、家に帰ると母が、

「すごい人とつながってきたで。いっちゃんの口笛がＣＤになるかもしれへん！」

とまくし立てるのです。

僕は半信半疑で、ほんとう？といろいろ聞いていると、どうやら口笛奏者という人たちが世のなかにはいるらしく、彼らが協力してくれるかもしれないとのこと。

僕は当時、新卒で入社した会社を二年半で辞め、会計士になろうと家に帰ってきて勉強していましたから、幸いにも時間だけはほとんど無限にあり、

「一生に一度のイベントかもしれないから、ぜひ参加したい」

といって協力することにしました。

素人ながら皆で知恵を出し合って、Ｆａｃｅｂｏｏｋで拡散したり、高次脳機能障がいって難しいなぁといいながらレコーディングをしたり、忙しくもクリエイティブで楽しかったですね。

何より、白井家に人が集まって、父と母がやりたいことを応援してくれていることが、僕にとっては気持ちがふっと軽くなるようなできごとで、とてもいい仲間に巡り合えてほんとうによかったと、プロジェクトＳの皆様にはほんとうに感謝しています。

コンサートのリハーサルで、皆で、

「頑張るぞ」「おー！」

のポーズをした写真は、僕のなかで大切な一枚です。

それまで僕は、母とはよく向き合っていましたが、父とはあまり向き合えていませんでした。

父はもうよくならないと思っていましたし、何ならよくなる余地があれば母がまたしんどく

なるのではないかぐらいの気持ちもありました。でも、プロジェクトSの活動で、これまで無理だと思っていたいろんなことが実現していく姿を目の当たりにしました。そして、運よくそこに参加することができました。あの活動を通して、ようやく父と母と、一つの方向にむかって歩き出せた気がします。

最近過去を振り返ることが多くあり、自分のやりたいことって何だろうとよく考えます。新卒の就職活動の時は、医療、介護は直接的過ぎて、自分の可能性を狭めているのではないかと感じて、意図的に介護のことは考えないようにしていました。その後、就職をして、退職をして、手に職をつけて、一周回って変なプライドが取れて、やっぱり自分事にできるのは医療、介護にまつわること、そして障がいを持った人でも暮らしやすくなること、身近な人たちの生活がより豊かになることだと、十二年間の介護とプロジェクトSの活動から教えてもらいました。

障がいを持っても、父はいろんなところで役割と居場所を持って活躍していますし、母は執筆活動をするぐらい元気になってくれました。生きていればいろんなことがありますが、きっといつからだってリスタートできます。この本を手に取った人が、少しでも明日にむかってがんばろうと思っていただければ嬉しいです。

令和元年十月　　　白井　遼平

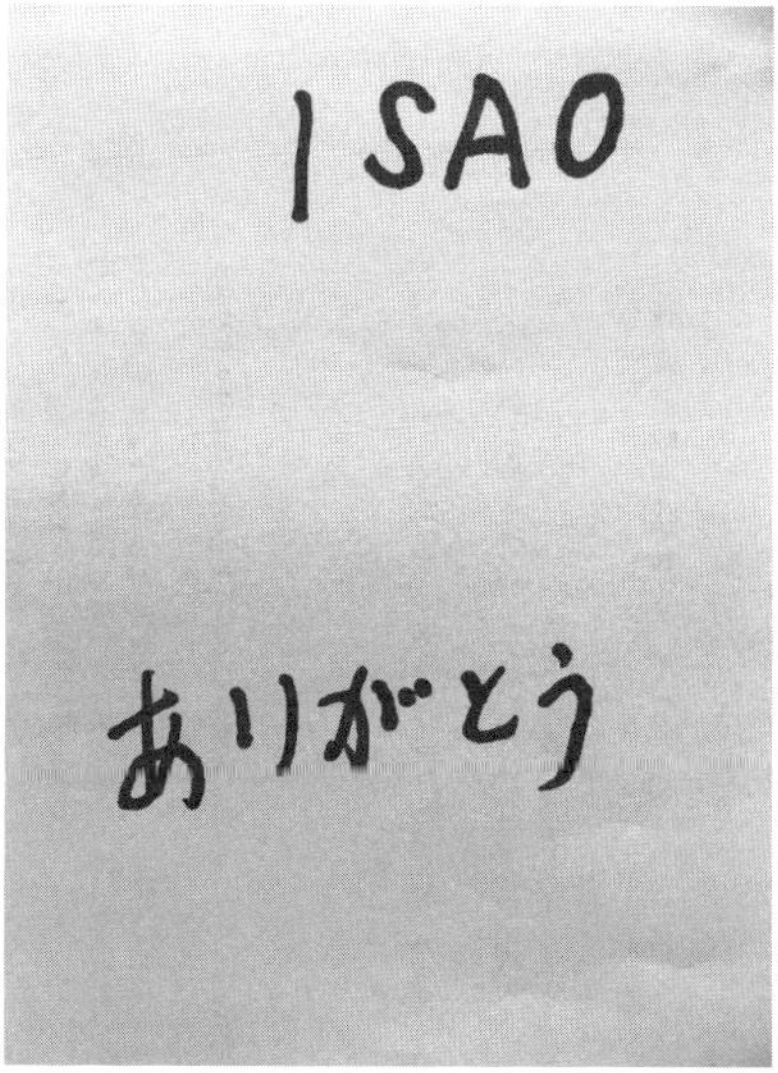
ISAO
ありがとう

著者紹介

１９６３年生まれ。一般社団法人アイズ代表理事。

元々は家庭科教師をしながら普通の主婦をしていたが、４３歳の時、夫いっちゃんこと白井伊三雄が全国で一人という症例の脳の病気を発症。重度の高次脳機能障がいとなり、突然介護生活が始まる。

介護疲れを癒してくれたいっちゃんの口笛に惚れ込み、口笛を形に残すべく２０１７年、口笛CD化プロジェクト「プロジェクトS」を発足。

２０１８年にCD完成、コンサート開催。

２０１９年、「人生の途中でアクシデントにあって中途障がい者になっても、人生をあきらめないで胸を張って生きられる世の中にしたい」との思いから、一般社団法人アイズを設立。現在は当事者家族として高次脳機能障がいの啓蒙・講演活動の傍ら、口笛奏者「いっちゃん」のサポーターとして口笛ライブを企画開催、当事者と介護家族の生の声を届けるキャンディーズプロジェクト、また地元大東市から高次脳機能障がいについて発信しようと活動している。

いっちゃんは、ビリビリマン
―「高次脳機能障がい」なオットと私の日々―

2019年10月13日　初版第1刷発行

著　　者　白井 京子
発 行 者　金井 一弘
発 行 所　株式会社 星湖舎
〒 543-0002
大阪市天王寺区上汐 3-6-14-303
電話 06-6777-3410　FAX 06-6772-2392
イラスト　浅川 哲二（株式会社 サーカス・サーカス）
編　　集　田谷 信子
装丁・DTP　藤原 日登美
印刷・製本　株式会社 国際印刷出版研究所

printed in japan　ISBN 978-4-86372-110-4